# 流水筆談

改訂版

高 山 流 水

H&T

## 「流水筆談　改訂版」の刊行について

「流水筆談 4.0 版」を出して以来、読者から様々な指摘を受けました。自分はまだまだ書く能力が足りないことや、ひとつの作品を仕上げていくにはもっと研鑽することなどを痛感しました。

「流水筆談」を改訂版として発行することにします。やはり従来では充分な意思が伝わらず、何度も修正を重ね、改定版として発行したほうがよいとの結論になりました。

貴重なアドバイスや丁寧に校正などをしていただきました湯浅元美氏にこの場を借りて感謝申し上げます。また、編集部の方々や読者の方々が様々なアドバイスをしてくれたことに感謝の意を申し上げます。

高山流水

二千二十四年二月二十四日

# はじめに

コロナで、家にいる時間が増え、本書を書いた。

「夏虫には以って氷を語るべからざるは、時に篤ければなり」の言葉通り、人はせいぜい百年程度しか生きることができないため、認識は夏虫のように限られているかもしれない。長い歳月が過ぎても残されたコンテンツは、やはりそれなりの価値があり、そして読んでいく時に感動を伴う。つまり、物事が生き残れるかは流水のように時間で試され、そして時間がものをいう。

本書は六巻で、計百編の短文で構成される。テーマは決まっておらず、頭に浮かんでくることをひたすら書いた。気軽に読んでいただき、面白く感じたり、何らかのヒントにしていただいたり、豊かな気持ちになっていただければ、筆者として嬉しい限りだ。編集部直通のメールアドレスも本の最後のページに記載してあるので、感想や批判などをお聞かせください。

私が書いた内容は若い頃からよく知っていたものもある。しかし、時間が過ぎると、同じ内容であっても、若い頃の理解といま現在での理解とでは雲泥の差がある。同じ言葉で同じ内容であるにも関わらず。これは経験の差によるものである。つまり、物事を理解するには、高山のように積みあげられた経験が必要だ。そして経験がものをいう。

SNSの時代に本を手にとって読む人は減り、ほとんどの人はスマートフォンや iPAD などでコンテンツを読んでいる。あえて紙媒体の本として出したのは、紙媒体への愛着心があるからだ。紙をめくりながらゆっくりと吟味し、空白スペースにそのときの感想やヒントなどを書き込めるのは楽しみであると同時に、読む時に電子書籍のように検索せず、すぐに読めることである。

「高山流水」とは春秋時代の琴の名手・伯牙が作った音楽の曲である。伯牙の追求は皆が聴きたい曲を作るのではなく、自分が感じた自然の偉大さを曲にすることであり、決して大衆を迎合することはしない。そのため、伯牙が自分の曲を演奏して、その音楽を聴いて理解してくれたのはたった、一人鐘子期という人物しかいなかった。子期が世を去ると同時に伯牙も琴を壊し、音楽を演奏するのをやめてしまった。以来、「高山流水」とは人間同士において共感を得る難しさの代名詞となった。

本書は、随所に著名人の実名を使い、また歴史の事件を名乗り、文章を組み立てている。それは、ある問題点を説明するため、より迫真的な表現効果を狙った方法であり、実在した人物とはもちろん何の関係もないことと、歴史の事件の真実性を保証するものではないことを、あらかじめお断りしておきたい。また、いろんな国や民族、人種などの話題も出したが、それは決して差別的な意図がまったくないこともお断りしておきたい。

このような書籍を出版するチャンスを与えてくださり、全体の構成から執筆のありかた、誤字脱字の訂正にいたるまで適切丁寧なアドバイスをいただいたたくさんの方々にこの場を借りて感謝の意を表したい。

高山流水

二千二十二年二月二十二日

# 目次

## 巻一

# 著名人のエピソード

## 一　異なる意見への対処法

自分が述べた意見が他人から出た意見とぶつかったり、時には馬鹿にされたりした経験はないか。そのときどう対処するか。

イーロン・マスク氏はこう言う。

「私はもう他人と争ったりすることはしない。私は、ひとそれぞれが自分の認知範囲内でしか考えることができないことに気付いた。従って、今後、もし誰かから二足す二は十になると言われても、私は、あなたは凄いですね、疑いなく正しいと、言います」

ドイツの哲学者アルトゥール・ショーペンハウアー（Arthur Schopenhauer、1788〜1860年）がこういう。「犬はうんこが臭いと思ってないし、ハエは自分が汚いと思ってない。だから他人となにが正しいか、なにが正しくないかを争う必要性はない。立場が違えば、いくら争っても結果は出てこない」

似たような知恵は、二千五百年も前に中国歴史上に実在した人物である列子（推定BC450〜BC375年）が自分で書いた本にそのようなエピソードを残している。

二人の人が、三かける七は二十四になるか二十一になるかを争っていた。どちらが正しいか、決着をつけるため、知事（当時官名は「司徒」と称する）のところに持ち込んだ。知事は迷うこと無く、三かける七が二十一になると主張する人が負けと裁定し、罰を与えた。

周りの人々は驚きながら、なぜと知事に聞いた。すると、知事はこう答えた。

「正しいことを知りながら、正しくない人と争うこと自体がバカバカしい。したがって、バカバカしい人に罰を与えるのは当然である」

かつて荘子（BC369～BC286 年）がこう教えた。

「井蛙には以って海を語るべからず」

## 二　言っていることがころころ変わる

家庭内または職場などで、他人から「あなたが言っていることがいつもころころ変わってもう耐えられない」と言われたことはないか。

そういわれても、ストレスになる必要性はない。

かつて、経済学者のケインズ(John Maynard Keynes、1883～1946年)も同じ指摘を受けた。ケインズはこう答えた。「状況に変化があったため、私も考え方を変えた。先生、あなたはどうする?」

ケインズは商品先物に熱中し、何度も破綻寸前に追い込まれた。そこからの経験で自分の考え方に固執せず、状況に応じて臨機応変に対応し、最終的には莫大な財産を手に入れることに成功した。

逆に、状況に変化があったにも関わらず、固執して言葉や対応などを変えない人はひどい目に遭わされることが実に多い。例えば、ロングターム・キャピタル。マネジメントというヘッジファンドはそうである。ちなみにファンド運営者がノーベル経済学賞受賞者であっても破綻から逃れなかった。

## 三　成功と失敗をどうみるか

多くのひとは自分のたび重なる失敗に悩まされている。しかし、どのように失敗をみるかが肝心だ。

エジソン(Thomas Alva Edison、1847～1931年)がこんな質問を受けた。

「あなたは電灯の製造に失敗し続けているのに、どうしてまだ頑固に挑戦し続けているのでしょうか？」

エジソンはこう答えた。「失敗するって？　私は、一度も失敗したことはありません。私は、千二百種類にものぼるこの種の材料では、絶対に電灯を製造できないことを発見することに成功したのです」

エジソンが特別ではなく、ほとんどの人が失敗から何かを学んでいる。トランプ元大統領も自分が書いた《Think Big and Kick Ass in Business and Life》という本のなかに、失敗についてこう書いた。「失敗は心理的な問題に過ぎず、自分が失敗したことを認め、絶望した時、本当に失敗したことになる」

銀行の頭取の交代が行われた時の一幕をみてみよう。

若手の後継者が前任者に経営の秘訣をこう聞いた。「経営に一番重要なのは何でしょうか」

前任者:「正しい決断だ」

若手:「どのようにすれば正しい決断を下せるのでしょうか」

前任者:「それは、経験を積むしか方法はない」

若手:「経験はどのように積めるのでしょうか」

前任者:「それは、誤った決断からだ」

成功と失敗の本質について、お分かりいただけただろう。かつて、ノーベル物理学賞受賞者の小柴昌俊(1926～2020 年)とノーベル生理学医学賞受賞者の山中伸弥の対談があった。二人は研究分野こそ違うが、共通した言葉は、「失敗こそが私の財産だった」という。

二千三百年前の孟子(BC372～BC289 年)はこう言い残した。「天は、人に重要な仕事を与える前に、かならず先にこの人の心を苦しめ、肉体を苦労させ、生活を苦しませ、やる事なす事すべてが空回りするような大苦境に陥れるものだ。それは、仕事が達成できるように、その人の心をゆさぶって忍耐を育て、それまで持ってなかった能力を持てるようにさせるためである」。つまり、失敗とは、人が生まれつき抱えている様々な肝臓や腎臓などに不具合がある「身体の病」ではなく、無知や傲慢、怠惰、自信過剰、軽率、貪欲、嫉妬などで現われる「思想の病」を治そうとする一種の薬である。いまの学校教育では、「無知」を先生の教えや本などである程度治せるかもしれないが、「無知」以外の思想の病に対しまだ無策でいる。社会に入って失敗という薬を散々飲んで治していくしかない。もちろん、薬物中毒にならないように注意を払う必要性がある。

この世では、不思議なことに、ひとの人生はバランスを保つように設計されている。ある時期、人生でなにかが失われたと諦めたとき、今度、違うかたちで思わぬものを収穫してしまう。中国南宋時代の《後漢書》（范曄、398～445 年）という本に書かれた「失之東隅、収之桑楡」（朝に失い、夕方に取り戻す）言葉のとおりである。

人生は数々の失敗で、このやり方では成功しないことを悟り、そして失敗という傷口から、空へ飛べる翼が生えてくる。

## 四　遅咲き

物理的原理への理解不足で自分自身がやろうとしていることがうまくいかない失敗と、社会や人間性への理解不足に起因することで騙されたり、罠に嵌められたりする失敗とはわけが違う。

失敗はいずれも成長につながるが、後者の失敗について、2012年のベール文学賞受賞者である莫言はこういう。「やさしくて善良なひとほど成長が遅咲きである。それは、悪人の存在によって数々の失敗を経験させられ、やがて成長を成し遂げられるからである」

二千五百年も前の老子（BC571～BC471 年）の言葉「大器晩成」も同じ意味である。物事への理解は机上の勉強だけでは分かるようで実は分からない。自分を磨いてくれるのは大抵悪人である。つまり、悪人はこの世にとって人材を鍛えるのに有難い存在でもある。まさに《詩経》の言葉である「他山の石」が示した「他人のつまらぬ言行も自分の人格を育てる助けとなる」の通りである。

## 五　キャンプ場

トランプ元大統領夫妻が満月を鑑賞するため、キャンプ場に出かけた。満月を満喫したあと、テントに入り眠りについた。しかし、深夜の寒さでつい目覚めた。トランプ夫妻がともに満月を見つめて、夫人のほうからこう切り出した。「満月をみて何を思いつくのでしょうか？」

するとトランプはこういう。「月探査計画を今後推進したい。月にはきっとなにかの生物が生息している」

夫人がため息をした。「私達のテントが盗まれたことには気付きませんでした？」

# 六　ストレス解消法

日本の国会では、与党はいつも野党からの激しい批判や攻撃を受ける。批判を受けたひとは誰もがストレスを感じる。しかし、安倍元総理は、いつも怒らず冷静に対応していた。「よくもそこまで我慢できたね」と秘訣を聞かれた安倍氏は、「我慢できるわけがないですよ。しかし、怒る前に、息長く一から十まで数えると、怒りたくてもなぜか怒る気持ちがなくなったのです」と答えた。

ある日、国会で野党議員が自分なりの意見を述べる場面があった。話しを聞いた安倍氏は思わず頭を横に振り続けた。野党議員は怒った声で言う。「なぜ頭を振るのか。私はあくまでも自分たちの意見を述べているのです」

すると、安倍氏は、「いや、あなた方の意見とは関係ありません。私はあくまでも自分の頭を振っているだけです」と言った。

## 七　拾うのは１ドルか１０ドルか

家の近辺で遊んでいる子供がいる。

いつも通り過ぎる人が、子供に一ドルと十ドルの札を地に散らし、好きなように一枚を自分のものにしてよいと子供に選ばせた。

子供は、いつも一ドル札を拾って、自分のポケットに収め、十ドル札を返した。

頭が悪いのではと友達に言われると、子供はこう答えた。

「私が十ドル札を自分のものにしたら、これから誰もそのゲームをやらなくなるでしょう」

このこどもが、のちアメリカ第四十二代大統領となるクリントンという人物だ。

## 八　大統領の悩み

アメリカ合衆国の第三十代目の大統領はジョン・カルビン・クーリッジ(John Calvin Coolidge1872〜1933年)である。彼はまもなく任期満了になる頃、国会でこう漏らした。

「私は、この仕事をもう続けたくありません」

記者たちがしつこくその理由を問い詰めたので、クーリッジはこう答えた。

「大統領には、更に昇進するチャンスがまったくありませんからね」

## 九　講演中に演出

レーガン(Ronald Wilson Reagan、1911～2004年)元大統領がある演説を行っている最中に、突然夫人のナンシーさんが座った椅子と一緒に転んでしまった。観客席から驚きの声が沸きあがった。しかし、ナンシーさんは無事に立ち上がって、数百名にものぼる観客からの万雷の拍手の中で、無事に席へ戻った。

夫人が大丈夫だったことを確認したあと、レーガンはこう言ってまたも聴衆の拍手喝采をもらった。

「ナンシー、あなたは約束してくれたではないか。私の演説に拍手をもらえなかったときにのみ、そのように演出すると」

## 十　秘密を守れるか

真珠湾事件の後、日本に報復するため、アメリカ第三十二代大統領のフランクリン・ルーズベルト（Franklin Delano Roosevelt、1882～1945年）がある軍事行動を密かに計画した。

それに気づいたルーズベルトの親友が、この作戦について詳しく聞きだそうとした。するとルーズベルト大統領は、その親友に「あなたは、秘密を守ることはできますか」と聞いた。「もちろんできますよ」と親友が答えると、ルーズベルトは「私もできます」と言い返した。

## 十一　スターリンの意外な一面

旧ソ連共産党元総書記であるスターリン(Joseph Vissarionovich Stalin、1878～1953年)には暴君というイメージがあり、接する人はいつも怖さを感じたという。ある日、旧ソ連映画委員会の委員長が映画の上映許可を求める為、スターリンを訪ねた。委員長が万年筆を取り出し、スターリンに渡したときに、不運にもインクが漏れてスターリンの白いズボンに黒色のインクが付いてしまった。

委員長は狼狽して言葉さえ出なかったが、スターリンは笑って言った。「委員長同志、なんでそんなに怖がるのですか。同志スターリンがたった一着のズボンしかないとでも思っているのですか」

もちろん、スターリンはやさしい人ではない。

重病して残り命がわずかとなったロシア革命の父とされるレーニン(Ulyanov Lenin、1870～1924 年)が、スターリンを病床前に呼んで、こう話した。「私はまもなく死ぬ。しかし、私の心配事は、数ある革命の同志があなたを擁護し、付いていけるかどうかということです」

それを聞いたスターリンは、こう答えた。

「同志レーニン、安心してください。私に付いて行かない人をあなたに付いて行かせるようにしますから」

## 十二　猫に唐辛子を食わせる方法

毛沢東（中国元共産党主席、1893～1976 年）、劉少奇（中国元国家主席、1898～1969 年）、周恩来（中国元首相、1898～1976 年）の三人がどうやって猫に唐辛子を食わせるかを議論した。

まず、国家主席の劉少奇はこういう。「猫を捕えて、口を開けさせ、唐辛子を無理やりに食わせるのだ」

これを聞いた毛沢東は頭を横に振りながら言った。「相手に対し強制的かつ暴力的なやり方はあまりよくない」

次に、総理の周恩来はこう考えた。「猫に三日間何も食わせず、唐辛子を魚の肉に挟む。そうするとお腹の空いた猫はなにも考えず喰ってしまうでしょう」

これを聞いた毛沢東はまたも頭を横に振りながら言った。「相手を騙したやり方はあまりよくない」

では、毛沢東のやりかたはこうだ。

唐辛子を猫の尻尾に付ける。猫は辛さを感じ、唐辛子を無くそうと自分で自分の尻尾をついに舐めるようになる。しかも、猫は自分の行動で問題を解決できたと考えて、自分なりの喜びを感じるという。

問題を抱え、どのように解決するかで、人それぞれの個性や知恵などが見えてくる。そして、人の地位もこれで決まる。

かつて中国で起きた文化大革命運動（1966～1976 年）では数億人が狂気に走り、数百万人の命が失われたにも関わらず、この文化大革命を発動した張本人である毛沢東は中国の人々からいまでも恨まれることがなく、むしろ尊敬されている。まさに猫に唐辛子を食わせた手法の人間版の成功を物語る話である。

## 十三　アインシュタインの逸話

アインシュタイン(Albert Einstein、1879～1955 年)は物理世界の真実を世に伝えたことで有名になった。

ある日、同僚の女性が抱いている子供の顔をアインシュタインが覗いてみた。すると、子供がアインシュタインの顔をみた瞬間、泣き出してしまった。

アインシュタインは嘆いた。「私は世界に世界の真実を教えた初めての人。しかし、この子は私に私の真実を教えてくれた初めてのひとだ」

二十世紀の一九三十年ごろ、アインシュタインがパリ大学である演説を行った。アインシュタインはこう言った。

「もし私の相対性理論が正しいと証明されれば、ドイツは、私をドイツ人であると宣言するでしょう。フランスは、私のことを国際人と呼ぶに間違いありません。しかし、もし私の理論が間違っていたとなったら、フランスは私がドイツ人だと強調するし、ドイツは私をユダヤ人だと決め付けることでしょう」

ある日、ドイツで相対性理論を批判する本が出版された。『１００名の教授がアインシユタインの誤りを証明した』というのがその題名だった。

アインシュタインはこの話を聞いて、「１００名だって？　そんなに大勢いらないよ。本当に私の誤りを指摘してくれるなら、たった一人で充分です」と言った。

ある学術会議へ出かけるため、アインシュタインが列車に乗った。しばらくして、乗務員がやってきて、乗車券チェックをし始めた。しかし、乗車券が見つからないとアインシュタインが言い出すと、乗務員は、「大丈夫。あなたは誰もが知っている人物だから」と言い出してチェックをパスした。

一通り各車両の乗車券チェックを終え、乗務員が戻ってきたが、アインスタインはまだ切符を探し続けている。これをみた乗務員は、「もう探さなくて結構ですよ。信用していますから」といったが、しかし、アインシュタインは困った表情でこう言い返した。「それはためです。問題なのは、どの駅で降りるか、切符をみないとわからないのです」

## 十四　ピカソの絵

ピカソ(Pablo Picasso、1881～1973年)が描いた絵は、たびたび描かれた人物にまったく似ておらず、まるで小学生が描いたようなものだとの批判を受けた。するとピカソはこう反論した。「私は十二歳のとき、ラファエロと同じような絵を描くことができた。しかし、一生かかって、はじめて小学生のような絵を描くことができた」

第二次世界大戦時、ドイツ軍の兵士たちがパリにあるピカソ美術館によく出入りした。ある日、兵士たちが「ゲルニカ」というピカソの作品の前で立ち止った。この絵には、スペインのゲルニカという小さな村がドイツ軍によって徹底的に爆撃され、壊滅した悲惨な状況が描かれていた。

この絵を指で指しながら、ドイツ軍兵士がピカソに聞いた。

「これは、あなたの傑作ですか？」

ピカソが答えた。「いいえ、これはあなたたちの傑作です」

## 十五　ロダンの作品

パリのデザイン会社がデザイナーを募集していた。応募の条件欄は、スケッチ1枚と、任意図案のデザイン1枚の提出を求めていた。

数日後、ロダン(Auguste Rodin、1840～1917 年)からの応募書類が届いた。しかし、スケッチ一枚以外に、図案のデザインは見当たらなかった。しばらく封筒の隅から隅まで探した結果、一枚小さい紙が発見された。紙にはこう書いてあった。

「私の図案デザインは、封筒上にあるあの偽造切手です。郵便局には大変申し訳ないと思っています」

## 十六　お絵描き

なりたての画家が、ドイツの著名な画家アドルフ・メンツェル(Adolph Von Menzel、1815~1905年)に、こう訴えた。

「私が一枚の絵を完成させるには一日もあれば十分ですが、しかしその絵を売るには、一年以上もかかってしまうんですよ」

話しを聞いたメンツェルはこうアドバイスをした。

「やり方を逆にしてみてください。もしあなたが一幅の絵を一年かかりで描きあげたなら、その絵は、たぶん一日で売れるでしょう」

ちなみに、レオナルド・ダ・ヴィンチ(Leonardo da Vinci、1452~1519年)が「モナ・リーザ」を描きあげるには4年の歳月を費やし、ほほ笑みの質感をより精確に表現するため、14回にも修正を加えた。

## 十七　言葉が本当に分かったか

米国ＦＲＢ（連邦準備制度理事会）の元議長を務めたグリーンスパンの言葉はいつもマーケットの動きに大きな影響を及ぼし、投資家たちは彼の言葉に神経質であった。このことを意識したグリーンスパン氏はこう言って警告した。

「もし、誰かが私の言葉を聴いて理解したと認識したのであれば、きっと私の言葉の意味を誤解したに違いない」

たしかに、言葉を理解するには勉強を積み重ねた知識を必要とするが、言葉に含まれている意味を理解するには経験を積み重ねた知恵を必要とする。

同じ量で同じ書籍を読んでも、そこからひとそれぞれが自分にあった意味だけしかくみ取ることができず、その理解に基づいて行動すると、違う結果が生まれてしまうのはそのためである。

さらに言うと、自分が発した言葉は、自分がどれだけ物事を認識しているのかを相手に読み取られてしまい、自分の弱みを相手に握らせることになる。かつて孫子はこう言った。「彼を知り己を知れば、百戦あやうからず」

ちなみに、グリーンスパン元議長と同じ認識を持った人物は二千三百年前にも存在していた。荘子は《天道》にこう書いた。「語の貴ぶところは意である」

## 十八　本はどこへ消えたか

スペンサー・ジョンソンは「チーズはどこへ消えた？」を書いたことで、一躍有名になった。

ある日、彼はニューヨーク五番街にある小さな本屋を訪ねた。彼がやってくるのを事前に知った本屋の店長は、彼への敬意を表するため、店内をすべて彼の本で飾った。

本屋に入ったジョンソンは、不思議に思って聞いた。「僕が書いた本ばかりだな。他の本はどこへ消えたの？」

「そのほかの本ですか？・・・全部売り切れました」と、店長が慌てて答えた。

## 十九　フランスの女優

サラ・ベルナール（1844～1923年）は十九世紀後半フランスの女優で、その美しさは男性たちを魅了した。

彼女は晩年にパリ市内の高層マンションに住んでいたが、依然彼女のファンは多く、訪ねて来る人が後を絶えなかった。

ある日、遠くから来たファンがやってきたが、エレベータが故障中のため、上層階まで階段を歩いて登った。息を切らせたファンが、あえぎながら彼女に訪ねた。「サラ夫人、どうしてこんな高いところに住んでるのですか？」

ベルナールは笑いながらこう答えた。「男たちの心臓の鼓動を加速させるには、いまの私には、この方法しかないのです」

## 二十　グリニッジ天文台

イギリス女王がグリニッジ天文台を訪問した時、女王は、天文台長を務める天文学者のジェイムス・ブラッドリイさんの給料が非常に低いことを知り、彼の給料をあげるべきだと言い出した。

しかし、ブラッドリイさんは自分の昇給に強く反対した。彼はこう言った。「もし、このポストにいることで高い給料をもらえるようになったなら、今後このポストは学者のものではなくなります」

## 二十一　ライト兄弟

飛行機を発明したアメリカのライト兄弟は、大勢の人の前で話すのはあまり得意ではなかった。

パーティーなどでスピーチを求められても、いつも以下の一言しか言わなかった。

「私が知る限り、飛行する動物のなかで、話ができるのはインコのみです。しかし、しかし残念ながらインコは高く飛べないのです」

## 二十二　作品への評価

バナード・ショウ(George Bernard Shaw、1856～1950年）は英国の作家である。ある人は自分が書いた処女作をバナード・ショウにみてもらった。

するとﾞ、ショウはこう評価した。「あなたが、私と同じぐらい有名であれば、これぐらいの作品でも、ぜんぜん問題はありません。ただし、いまは、もうちょっといい作品を書かないと！」

## 二十三　マーク・トウェインのユーモア

アメリカ人作家のマーク・トウェイン（Mark Twain、1835〜1910年）は言葉にユーモアが溢れ、鋭いことで有名だった。

ある日、マーク・トウェインが「国会議員の半数は詐欺師です」と言ってしまった。話を聞いた一部の議員はマーク・トウェインに謝罪を要求した。すると、翌日にマーク・トウェインは新聞紙の一面に、以下の文章を載せて謝罪した。

「昨日、私が『国会議員の半数は詐欺師です』と言ったが、それは不正確な表現です。誠に申し訳ありません。以下のように訂正します。『国会議員の半数は詐欺師ではありません』」

## 二十四　批判や攻撃を受けたとき

余秋雨は現代中国の有名な作家である。彼には様々なうわさがあって、批判や攻撃をたくさん受けていた。しかし、余秋雨はそれらのことを無視し一蹴した。彼はこういう。「駿馬がひたすら平原や砂漠などを走る。埃や泥まで身につけてしまうことは想像に難くない。自分をきれいに保つことが必要なら走ることをどうしても止めざるを得ない。私にはそれができない」

たしかに、一々批判や攻撃を受けるたびに反論すると、本来やるべき仕事ができなくなってしまう。世の中、様々な異なる見方のひとがいるし、余秋雨がいうように、相手にしないほうが正解かもしれない。他人からどう見られるかを気にして時間を割くよりは、自分の目標に向けてひたすら走ることがより賢明である。

大きな川は汚物などが混ざっていてもそれはむしろ常にあることで、川の雄大さを損なうことはない。高い山には、枯枝などが存在しても当たり前のことで、山の高さを害することはない。

## 二十五　ソクラテスの死

金正男氏は二千十七年二月にマレーシアで毒殺された。マレーシアの発表によると、VXという毒ガスが使われ殺害されたそうだ。しかし、北朝鮮はVXを否定した。真実は謎のままだ。

私は使われた毒物はVXではなく、ヒロハオキナグサ（白頭翁）という北朝鮮に生息するかなりの毒性を持った植物が使われたのではないだろうか、と推定する。

古代ギリシャの哲学者であるソクラテス（Socrates、BC469～BC399）は、伝説によると鴆毒を飲んで死んだとされている。しかし、プルターク（Plutarchus、46～120年）が書いた《英雄伝》には、ソクラテスがヒロハオキナグサ（白頭翁）よって毒殺されたと記載されている。

毒を口にする直前、看守がソクラテスにため息をつきながらこう言った。「あなたは無罪なのに、死刑になってしまいました」

ソクラテスは答えた。「すると、私が有罪で死刑になるのを、お望みでしょうか」

## 二十六　マーシャル将軍の逸話

アメリカのジョージ・C・マーシャル将軍（1880～1959 年）はパーティーが終わった後、若い女性を家まで送ろうと申し出た。この女性の家は、それほど遠くなかったのに、なぜか車が一時間以上かかっても女性の家にたどり着かなかった。

それで彼女は「あなたはここへ来たばかりなんでしょう？このへんの道がよくお分かりにならないようですね」と言った。

するとマーシャル将軍は、「そんなことはありません。もしこの付近の道がよく分からなかったら、一時間以上も運転していれば一度くらいはあなたの家の前を通るはずですからね」といって笑った。

この女性がのちにマーシャル将軍夫人となった。

## 二十七　何の為の結婚

六十歳を過ぎた富豪の女性が、三十歳の男性と恋に落ちた。恋にあまり自信のない女性は、作家のボルテール（Voltaire、1694～1778年）に意見を求めた。「私は彼と結婚したいのです。しかし、年齢差が問題になるでしょう。私は真実の年齢を隠して、四十歳と言ったほうがいいかしら」

「それじゃだめ、だめ」と、ボルテールがアドバイスをした。「あなたは自分が七十歳以上と言ったほうが、彼にとって、もっと魅力的になるはずですよ」

「傍目八目」とは囲碁に限った話しではない。

# 二十八　ローマ法王

ニューヨークを訪問したローマ法王は、新聞記者たちの質問の落とし穴にはめられないよう、非常に警戒していた。

飛行機を降りた法王は、いきなり新聞記者にこう聞かれた。「法王さま、ニューヨークのナイトクラブに行ってみたいと思ったことがありますか?」

そこで、法王は「ニューヨークには、ナイトクラブってあるのですか?」と慎重に答えた。

翌日の新聞は、一面トップで次のように報道した。「法王が飛行機から降りたとき、まず記者たちに聞いたのは、『ニューヨークには、ナイトクラブってあるのですか』だった」

巻二

# 日常生活の知恵

## 二十九　ユダヤ法典

ミムルさんが友達のシナイさんに聞いた。「あなたはユダヤ法典を勉強しているのだから、手っ取り早くユダヤ法典のことを教えてくれない？」

「いいですよ。例をあげて説明しましょうか。例えば、二人のユダヤ人が煙突から落ちてしまいました。一人は汚くなったが、もうひとりはまったくきれいでした。さて、ここで問題です。一体、どちらが体を洗いにいくと思われますか？」

「もちろん、汚くなった人さ」

「違います。汚くなった人は、きれいな人をみて、自分もきれいだと思っていました。ところが、きれいな人は汚い人をみて、自分も同じように汚くなったと思って、洗いに行きます」

「？？？」。シナイの不思議な解釈に、ミムルは言葉が出ない。

「では、次の問題に移りましょう。あの二人が再び煙突に落ちました。さて、今度はどちらが体を洗いにいくと思われますか？」

「わかった。あのきれいな人だ」

「違います。汚くなった人は、どうしてきれいな人が洗いに行くかがわかったので、今度は、汚い人が洗いに行きました」

シナイさんが続ける。「それでは、次に移りましょう。あの二人がまた煙突から落ちました。さて、どちらが洗いにいきますか？」

「当然、あの汚くなった人さ」

「残念でした。同じ煙突に落ちた二人が、一人は汚くて、もう一人はきれい、そういうことはそもそもあり得るのでしょうか？」

「！！！」

「これがユダヤ法典のあらましです」

## 三十　国家秘密漏洩

将軍のアンリャンノーフ氏は、賭博で負けた。ヤケクソになってお酒を飲み、酔っ払った挙句にこう言った。「ロシア皇帝ニコライ二世は本当にバカだった」

彼は宿敵に密告され、ただちに軍事法廷の場に立たされた。

法廷で審議した結果。彼の有罪が確定したが、ただこの事件をどう報道するべきかで記者たちは悩んだ。なぜなら、この判決を報道する際に、彼の言葉をそのまま引用するわけにはいかないのだ。悩みに悩んだ挙句、ある夕刊紙の記者の書き方が広く採用されるようになった。

夕刊紙の記者はこう書いた。「今日午後、軍事法廷はアンリャンノーフに二年の実刑判決を言い渡した。罪は、国家秘密を外部に漏らしたである」

# 三十一　外国語のできる猫

なかなか猫に捕まらない頭のいいネズミがいた。

ある日、猫の声が聞こえたので、ネズミはすぐに隠れた。しばらくして、今度犬の声が聞こえてきた。猫は犬を怖がっているためきっと逃げたとネズミは思った。

ネズミが安心して出てきた。ところが、不幸にも外で待っていた猫に捕まってしまった。「どうしてだ？」とネズミは不思議に思った。猫が独り言を言った。「いまの時代、外国語を覚えないと、生き残れないのだなぁ」

ついでに、以前からずっと疑問に思ったのは、猫はどうしてねずみを捕らなくてはならないのか。猫は夜盲症で夜になると視力が低下し、周りが見えなくなるという欠陥が生まれつきある。

しかし、ねずみを食うことで、その夜盲症問題を解決することになり、視力がぐんっと良くなるらしい。つまり、猫としてはねずみを捕まえて食うことは天敵というよりは本能である。

人間も同じことが言える。食べ物に好き嫌いがあることは、大抵身体のニーズから由来する。好きな食べ物には身体に欠けている栄養素が含まれていることがほとんどで、それを選ぶのは身体による本能的な選択と言える。つまり、食べたいものを食べることは大抵健康につながることが多い。お腹が空いたときに何でも食べたい、また何でもおいしいと感じるのもそのためである。

また、好きな食べ物を連日食べると、身体に十分な栄養素が補充できるので、暫くこの好きな食べ物を避ける傾向が見られるのはそのためである。

食べ物に限った話ではない。国同士から人間関係まで、天敵なのか、友人になれるのか、眼に見えない本能で決まる。

## 三十二　講演の極意

みんなの前で講演するのが苦手の若手議員は講演がうまいベテラン議員にどうやってうまくなれるかを聴いた。

「演説の要領は観客の注意を引くことです」。ベテランの政治家は若手議員にこう教える。「例えば、『人生の中で、私が過ごした一番幸せな時期は、ある女性に抱かれた時だった』、と言って、観客の注意を引き、次にゆっくりと、『あの女性は私の母です』、と」

要領を掴んだ若手議員は、ある集会で、こう切り出した。「私が過ごした一番幸せな時期は、ある女性に抱かれた時だった」。しかし、観客の反応にあまりにも気をつかったため、緊張した若手議員の頭は真っ白になって、「しかし、しかし、・・・あの女性は誰だったか、思い出せません・・・」と言葉が詰まりながら言ってしまった。

## 三十三　欠陥も成功を生む

アルフレッド外科医は死体を解剖する際に、ある不思議な事実を発見した。死体で問題があるとされている器官は、想像よりはるかに悪くはなかった。むしろ、病気と闘っていく過程において、その器官は一般の器官よりもより機能していた。

最初の発見はある腎臓患者からだった。死んだ腎臓患者の死体から、問題のあった一個の腎臓を取り出した時、アルフレッド外科医はこの腎臓が正常な腎臓よりも大きいことに気づいた。さらに、もうひとつの腎臓はもっと大きかった。

以来十数年間において、解剖する仕事の過程のなかで、腎臓だけでなく、心臓も、肝臓も、肺も同じような状況にあることがわかった。

アルフレッド外科医はそれについて論文を書いた。論文で、問題があるとされる器官は、細菌やウイルスと闘う過程において、その機能はむしろ強くなりつつあると論じた。もし、二つの器官のうちその一つが死んでしまうと、もう一つの器官は全部の責任を背負いながら、むしろ一つの器官が果たせる機能を超えるくらいまで強くなると書いた。

美術学院の学生の治療時にも、アルフレッド外科医は、学生たちの視力が一般のひとには及ばないことを発見した。色分けができないひとも多かった。

芸術学校の教授たちに調査を行った結果は、アルフレッド外科医の予測と一致していた。成果をあげている成功した教授たちが芸術の道を歩んだ原因には、生理的な欠陥が効いていた。すなわち、生理的な欠陥は、才能の発揮を阻止するのではなく、むしろ成功に導く役割を果たした。

これは、ハードル法則と名づけられ、社会的には様々な現象を説明することができる。例えば、盲人は、聴力、触覚および嗅覚などにおいて、一般の人より発達している。両手を失ったひとは、一般のひとよりバランス感覚がもっと優れ、両足ももっと器用である。例えば、足だけでペンを握り、字まで書けるなど。

ある一方が失われない限り、もう一方の発達はありえないかもしれないということである。つまり、欠陥は成功をもたらしてくれることを意味する。

## 三十四　スコットランドに黒い羊

三人の学者が会議に出席するため、ロンドンからスコットランドへ向かった。国境を越えたところに、一匹の黒い羊がいた。

「これは面白い。スコットランドの羊は黒いのだ」と天文学者が言った。

物理学者が、頭を振りながらこう言った。「この言い方は間違いだ。我々が言えるのは、スコットランドでは、ある種の羊は黒いということだけだ」

すると、哲学者がすぐさまこう応酬した。「我々がほんとうに言えるのは、スコットランドの最低一箇所に、最低一匹の黒い羊が存在していたということだけだ」

自分の研究分野に研究している学者には、自分の思考法がいかにすごいかを自慢する人が実に多い。そして他人に教えたくなり、先生と呼ばれることを自分の生きがいにしている。まさに2300年も前に孟子が指摘した「人の患いは好んで人の師となるにあり」ということである。

しかし、アインシュタインは謙虚だった。自分の専門分野を聞かれたアインシュタインはこう答えた。「私の専門はヴァイオリニストであって、副業は物理研究であった」

## 三十五　行動に対する学者の見解

てんとう虫が転んだ。やっと体勢を立て直したと思ったら、今度はある方向に向けて、急速に走り出した。そこで、なぜてんとう虫がこの方向へ向かうかについて、三人の学者がそれぞれ見解を述べた。

数学者が、「この方向は、てんとう虫にとって、家へ帰れる最短の線だ」と分析した。

生物学者は、「この方向に、てんとう虫は異性の匂いを感じたに違いない」と予想した。

哲学者は、「この方向へ向かうのは、てんとう虫にとって、生命を存続するために必須の本能だ」と断言した。

# 三十六　観察力

ドイツ人で著名な内科の先生ジョン・シャレオンは、腕が確かなだけでなく、生徒たちに教える方法も独特で評判がいいという。

ある実習時間に、シャレオンは次のように生徒たちに教えている。

「優秀な医者としては、二つの素質が特に重要だ。一つ目は、清潔でない場合にも慣れること。二つ目は、鋭い観察力を備えること。経験豊富な医者が糖尿病を診察するとき、患者さんの尿液の味を口で試すことはよくある」

先生はそう言いながら、実際に示してみせた。先生はまず尿が入ったコップに一本の指を差入れ、それから指を口に入れ、舐めて味わった。学生に、「だれがやってみますか」と聞いた。

勇気付けられた一人の生徒が、先生の真似をし、尿液の味を試してみた。

学生の行動をみて、先生が嘆息した。「君、あなたは清潔でない場合にも慣れることは認めるが、しかし、観察力は欠けているのだ。よくみたか、私は中指をコップに入れて、舐めたのは人差し指だったのだ」

## 三十七　猫は魚の調理法が分からない

本を読みすぎ、本の世界がすべてだと思っている学者教授がいる。

ある日、教授が魚を買ってきた。ところが、調理法がよく分からなかったため、本を買ってきて勉強をしていた。ところが勉強しているあいだに、隣の猫がやってきて、魚を盗み去ってしまった。

教授は尊大な態度で猫をこうののしった。「泥棒猫め、調理法も分からないくせに魚を持っていったって、どうしようもないじゃないか」

何事をやるにも勉強すればできると考える事はある程度正しいが、しかし、勉強しなければできないことではないのだ。特に学会など学者が集まるところにそのような間違いが起きやすいし、レシピがなければ猫が魚を入手しても食べれないと思う学者が実に多いのではないだろうか。

## 三十八　賢くなる薬

ある人が先生のところを訪ね、賢くなるような薬はないかと聞いた。すると、先生が一ヶ月分の飲み薬を渡した。二ヶ月目も三ヶ月目も同じ事を繰り返した。

再び先生を訪ねたひとがこう言い出した。「三ヶ月分も飲んだが、ぜんぜん賢くならなかったようです」と先生に文句を言いつけた。

「そんなことはないですよ。ほら、薬では賢くならないということに気付いたことは賢くなったなによりの証拠ではありませんか」と先生が言う。

本屋にベストセラーとして、脳がよくなる活性化方法や鍛え方などの本がずらりと並べられていることも同じ現象。読んで頭がよくならないことに気づいたことが、頭がよくなったことにしかならない。何を食べれば頭がよくなるかという質問も同じこと。結局のところ、失敗を食らうほど頭が良くなるに勝る方法はない。やはり、人は経験したことからしか賢くならない。

## 三十九　議事録

社長が新たに抜擢した専務にたずねた。

「マネージャーたちを集めて定例会を開いても、みんなこっちの話を全然聞いてないようだ。なにかいい方法はないのか」

「それは簡単です」と、自信満々の専務が言った。「会議を開始する時に誰が議事録をメモするかを指名せず、会議の終了間際に指名すればよいのです」

# 四十　夫婦円満の秘訣

結婚をして数十年の仲良しの夫婦がいた。喧嘩をしたことがない原因を聞かれた夫はこう答えた。

「わが家では、はっきりと役割分担を決めているからだ。つまり、普通のことは妻に任せて、重要なことは僕が決める」

「普通のことというと？」

「例えば、どのような家や家具を買うとか、いつ海外旅行にいくかなど」

「重要なこととは？」

「例えば、ODA を出すべきかどうか、核兵器をわが国が持つべきかどうかなど。そういう役割分担をすることで、意見が分かれて喧嘩することはなくなる」

「なるほど！」

確かに、相手ができないことを補うような関係にある夫婦は長持ちする秘訣かもしれない。

また、夫婦生活は靴を履くことと似ていて、この靴を履いてとどこまで行けるかは靴の見た目ではないし、機能性でもなく、靴を履いた自分の足にしかわからない。

さらに、夫婦関係が良かろうか悪かろうか、どちらにも気にする必要性はない。ソクラテスはこう教えた。「君が妻とうまく行ければ幸福になるだろうし、妻とうまく行かなければ哲学者になれる」

## 四十一　誰がライオンを撃ち落としたか

八十歳の高齢者が二十代の若い娘と結婚した。ある日、二人が病院へ行き、先生に妊娠したことを告げた。老人は八十歳でも妊娠させることができたことを、自慢した。「そんなことは可能でしょうか」と老人が先生に聞いた。

先生は、こう言った。「ある物語です。ひとりの青年が狩へ出かけた。しかし、銃を持つべきところ、誤って傘を持って、出発した。一頭のライオンが襲いかかってきたとき、傘であることに気づいた。しかし、危ないところで、ライオンが倒れた。たしかに撃たれたのだ。傘で！」

「それは不可能でしょう」老人が言う。「きっと他人がやったんでしょう」

「私もそう思います」と先生が同意した。

## 四十二　男女関係の判定

男女がどのような関係にあるかは、レストランでどのように勘定するかで判断が付く。

男性が伝票の金額を見ようとしないで支払おうとする場合、男性は女性とまだ無関係でいる。

男性が伝票の金額を確認して支払おうとする場合、男性は女性とすでに男女関係をもっている。

男性が伝票の金額が高いのではと言い出した場合、男性は女性とすでに信頼関係が出来上がって長い付き合い関係にある。

男性が伝票を女性に渡して、女性が支払った場合、男性は女性とすでに夫婦関係にあり、女性が家庭の経済権を握っている。

逆の場合はこうだ。

女性が伝票について見ようとしない場合、女性は男性と付き合い始めた頃。

女性が伝票をチェックする場合、女性は男性がすでに好きになっている。

女性が伝票の金額は高いのではと文句言った場合、女性はすでに奥さんとなっている。

## 四十三　ネス湖観光

スコットランドに来た観光客が、ネス湖を走る湖上船で、ガイドに聞いた。「ネッシー（伝説の怪物）には、通常いつごろお目にかかれるのでしょうか？」

ガイドはこう答えた。「通常は、スコットランドウィスキーを五杯飲んだあとで会えますよ」

# 四十四　天気予報

あるアメリカ原住民がアメリカの牧師に「今年の冬の天気はどうなりますか？」とたずねた。「今年の冬は、かなり寒くなるから気をつけてください」と牧師は言った。その話を聞いたアメリカ原住民は、大量の薪を用意して、寒い冬のために備えた。

他の村に行った牧師は、また同じ質問を受けたので、同じ返事をした。結局、アメリカ原住民はみんな牧師の話を信用して、薪をどっさり準備していた。

牧師は、自分の予言を確かめるため、気象予報センターに行って今年の冬の天気予報を聞いた。すると気象予報センターの担当者はこう答えた。「今年の冬はかなり寒くなると予想しています。なぜなら、あなたもご承知かと思いますが、アメリカ原住民たちがみんな薪の準備をしていますからね」

矛盾しているようにみえるが、しかし、テレビの番組でコロナが話題になったとき、いろんな専門家が言っていることは本当に大丈夫だろうか。

## 四十五　宇宙飛行士の意外な悩み

間もなくスペースシャトルが打ち上げられるという時に、どのような心境にあるかを聞かれた宇宙飛行士は、こう答えました。「僕の周りをみると、すべてのものが入札方式で調達してきた一番安いものばかりで作られている」

巻三

# 商人魂

## 四十六　ピンチからチャンスへ

セールスマンがお客様に売った土地が水害で水びたしになった。セールスマンは申し訳ないと思って、「お客様に返金しましょうか？」と、社長に申し出た。

すると社長が怒った。「何？　返す？　お前は何の寝言を言ってるんだ。あの客に、大至急ボートを売りつけるんだ」

この企業の社長のビジネスチャンスを見出す目はすごい。まさに商人魂だ。

## 四十七　女性宛の広告

ある企業で広告についての打ち合わせが行われた。
企業側広報の責任者「わが社の広告を、すべての女性に見てもらいたいですが。。。」
広告代理店の担当者「いい方法があります。彼女たちのご主人宛てに手紙を出して、封筒には、『親展、取扱注意』と手書きするのです」

## 四十八　誕生日プレゼント

「女房の誕生日にどういうプレゼントをすればいいのかな。」と悩む人がいる。「お金はかけたくないし、喜んでもらいたいし・・・」

友達がいう。「それなら、いっそ匿名のラブ・レターを送ってみれば・・・」

## 四十九　商店街

商店街に三軒の店が並んでいる。

一軒目の店には、客の関心を引き寄せる為、こう書いてあった。「大出血サービス！最後のチャンス！」

二軒目の店も、当然負けてはいられない。「日本一安い！お見逃しなく！」と書いてあった。

三軒目の店は、他の二軒とどうやって競争するのだろう。そこにはこう書いてあった。「入り口はここです」。結局集客にもっとも成功した。

## 五十　シューズを島の人に売る

シューズメーカがマーケット開拓の為、セールスマン二人を島に送り込んだ。

一ヵ月後、二人が戻ってきたが、しかし、見方は全く異なっていた。

一人目は、「この島でシューズを売るのは無理です。だって、そもそもシューズを履く習慣もないし、履かないほうが楽だと皆が言っています」

二人目は、「この島のシューズマーケットの潜在力は大きいと思います。だって、皆、シューズを履いたことがなく、履くととても快適だと驚きの様子ばかりです」

さて、同じ島、同じ人を相手にすると、セールスマンのセンスにより見方が異なってしまう。どちらが正しいだろうか。

ビジネスを成功させるには、時には緻密な計算と正しい読みが必要だし、時には時代の流れに身を任すことが必要である。

緻密な計算と正しい読みで成功するひとはほんの一握りしか存在しない。多くの成功者はうまく流れに乗って成功したのである。例えると、ニーズの流れを風が吹くことと想像すると、その風が吹いているところにたまたま立てれば、いくら頭が悪く身体の重たい豚でも空の高いところまで飛ばされてしまう。そのとき、豚にも大鳳のような飛行能力を備えていると勘違いある人が多い。

時代の流れが変わり、吹く風が止まれば、豚は自由落下式に地に落ちてしまうのは当然である。しかも高く飛ばされれば高いほど、その落ちる度合いも厳しい。

企業経営にも同じことが見られる。多くの企業経営者が企業を成功させたようにみえるが、実際のところ単に豚のように猛烈な風で高く飛ばされているにすぎない。

## 五十一　成功企業の極意

成功した社長が、テレビのインタビューを受け、成功の秘訣を披露した。「私は、給料は仕事においてあまり重要な要素ではないという確固とした信念を持ち続けてきました」。社長は続けた。「仕事に全力投球で取り組み、才能を十二分に開花させれば、金銭より遥かに大きな満足感が得られます」

「なるほど。あなたは、ずっとそう思い続けたから成功したのですか」と、記者が尋ねた。

「いいえ、わが社の社員たち全員をそのように意識付けてきたので、私は成功したのです」

世界中にもっとも難しいとされる仕事が二つある。

一つ目は、自分の頭にある考えを他者の頭に入れることである。

二つ目は、他者の財布にあるお金を自分の財布に入れることである。

一つ目の仕事をこなせる人は政治家に向いている。

二つ目の仕事をこなせる人は企業家に向いている。

二つの仕事を同時にこなせるのは、世界的な大富豪か、またはすでに刑務所に入っている犯罪者か刑務所に向かう途中のひとかのいずれかである。

儒教の始祖である孔子(BC551~BC479 年)は、自分の思想を他者の頭に入れることに成功した人物だが、しかし、さすがに他者の財布にあるお金を自分のものにすることはできなかった。当時三千人の弟子を抱えていたにも関わらず、世の中のどの国からも嫌われていた。宋や衛などの諸国に教えに行ったが、結局は追放されて、行き場を失った。孔子が南方の楚の国に行こうとした時、その途中、陳・蔡両国のあたりで困窮してしまい、七日間も食事を取ることができず、餓死寸前になった。「喪家の狗」という熟語は孔子のことを指している。

ニコラ・テスラ(Nikola Tesla、1856~1943 年)もそうであった。エジソンでも顔負けの交流システムを発明したことや無線トランスミッターを発明したことなど、生涯取得した発明特許は千件にものぼった天才である。しかし、ニューヨークのホテルで死去した時にほぼ無一文であった。逆に、テスラの名前を使ったテスラ自動車のCEOであるイーロン・マスクは世界屈指の富豪になった。

ビジネスや学習、選挙などあらゆる分野で収めた何等かの成功とは、頭の良さや努力、勤勉などとはあまり関係ない。例えば、小学生で試験の成績がよいというのは、努力したから成績がよくなったのではなく、むしろ小学生が生まれつきの個性で勉強の要領を自分でも知らないうちに掴んだからである。ビジネスも同じ。企業を起こしてお金儲けができたことは頭のよさや努力したことによるものというよりは、お金儲けの要領を掴んだからのである。たまたま努力と重ね合わせただけかもしれない。また、自分がまさかそこまでうまく行って成功したとは最初から思ってもいなかったひとが実に多い。例えば、革命家毛沢東が農民運動を起こしたとき、革命に勝算があったわけではない。毛沢東は自分の成功について自らこう説明した言葉がある。「わしが成功した理由は、ただ山に虎のような強いものがいないため、わしのような弱い猿でも強い虎のように振舞うことができたからである」。日本の諺で言うと、「鳥なき里の蝙蝠」と似た意味をもつが、実際には、老子がかつて語った言葉のように深い意味が込められている。老子が曰く「(偉大なる人は、)終(つい)に自ら大とせず、故(ゆえ)に能(よ)くその大を成(な)す」。つまり、偉業を成し遂げる人は自ら自分が偉いと思わず、却って偉くなったのである。逆にいうと、自ら自分が偉いと思っているひとは大抵大した偉い人ではないと言える。いずれどこかで転ぶのであろう。

　したがって、要領を掴めることは頭のよさということもできるが、むしろ人間が生まれつき持っている動物的な本性と言ったほうが正しい。猿が木を登ることを得意としていることや、豹が早く走れることなどと同じように、人間は動物的な生まれつきの本性が特定した分野で成功を収めていると言っても過言ではない。さらに豹にどうしてそんなに早く走れるか理由を聞いても、豹は答えられない。しかし、人間は豹より賢いので、かならず早く走れる理由を見つけて言うのである。

ビジネスに成功するひとは大抵腰が低く、プライドもなく、サービス精神が旺盛な方が多い。議員など政治家は能力よりは他人に好かれるタイプの方が成功しやすい。

「人間にとって肝要なことは、己をよく知ることにある」との諺が示すとおりではあるが、己を知ることはそう簡単ではない。豹の素質を持っていても海ではどんなに頑張ってもよい結果は生まれてこないのである。

## 五十二　トーナメント戦の予測

ワールドサッカー決勝トーナメント出場の八チームがまもなく決勝戦に臨む。

サッカーファンで富豪の社長が興味津々でどこのチームが優勝するか、様々な分析を行った。

ある日、一通の手紙が知らない人から社長に届き、手紙で、翌日に行われる予定のAチームとBチームとの試合結果をはっきりとAチームが勝つと予言した。

冗談だと思った社長はそんなことを信じなかった。ところが、翌日の試合はたしかに予言どおり、Aチームが勝った。

数日後、再び社長のところに手紙が来て、CチームとDチームとの試合をCチームが勝つと予言し、そして翌日の試合結果は予言どおりだった。

そして、AチームとCチームとの試合も見事に予言が的中し、最後の決勝戦も予言どおりだった。

そんなことが予言できるのかと不思議に思った社長のところに手紙が来た。手紙には、「私はサッカー試合の勝ち負けを予言できる方法を開発しました。それを教えれば、あなたも正確に試合の結果を予言することができるようになります。しかし、この方法を知りたいのであれば、以下の口座に五万ドルを振り込んでください。入金が確認されれば、方法を教えます」と書かれている。

サッカーファンにとって、試合をする前に勝ち負けを予言できるとは夢のようなことであって、すかさず社長は五万ドルを支払った。

数日後、手紙が来て、こう書かれている。

「試合の予言をするのは実に簡単です。サッカーファン二百五十六人を選んで、半分の百二十八人にAチームが勝ち、残り半分の百二十八人にBチームが勝つとの予言の手紙を送ります。そうすると、百二十八人からみれば予言が的中したに見えます。

今度、この百二十八人を相手に、半分の六十四人にCチームが勝つ、残り半分の六十四人にDチームが勝つと予言した手紙を送ります。すると、六十四人からみれば予言が的中したことになります。

そのようにすると、最後八人が決勝戦までの予言が的中したことになります。

全部で四百九十六回の手紙を送り、コストは四百九十六ドルで、八人から一人でも五万ドルを回収できれば、百倍の儲けになります。二人から回収できれば、投資効率は二百倍になります。

もちろん、この商売にはリスクもあることをくれぐれもご注意ください」

## 五十三　人気レストランの秘密

東京の六本木にあるフランスレストランのできこと。

このレストランの雰囲気はいいし、料理もうまくて、値段も高くない。しかし、なぜか訪ねてくるお客様が少ない。ところが、店長があるアイデアを実施したことで、レストランの状況は一変し、毎日混むようになった。

カップル同士が店に入ったとき、ウェイトレスが男性用と女性用にそれぞれ丁寧に作られたメニューを渡した。外観は同じメニューだが、中身は違うもの。

女性がもらったメニューに載っている料理やワインなどの価格は、男性がもらったメニューより、かなり高めに設定されている。ただし、これは店の本当の値段ではない。

男性も女性も料理やワインを注文するとき、気前のいい男性の方がすてきに見えるのが受けた原因だという。

# 五十四　最高級ホテルとは

世界的に有名な雑誌が世界中でどのホテルがもっともエレガントで高級であるかを掲載する為、各ホテルに自己紹介をお願いしていた。

各ホテルは自分たちのホテルについて、その環境や設備、サービスなどのよさをアピールし、かつ過去にどれだけ各国の著名人を接待したかもアピールした。しかし、一番輝いて選ばれたホテルは、このようにアピールした。

「当ホテルは、ある日外国の政府関係者から一通の電話を受けた。『急用があり、そちらにお泊りになった大統領に繋いでくれませんか』との電話だった。当ホテルのスタッフは、丁寧にこう聞いた。『ただいま、多数の大統領がお泊りになっているので、失礼ですが、どちらの国の大統領とお話をされたいのでしょうか』」

## 五十五　会社経営を伝授する

創業者が息子に会社経営のノウハウをこのように伝授する。「会社を成功させるためには、誠実と知恵が必要です」

息子が、「誠実とは？」、と聞いた。

「誠実というのは、約束を守ることです」

「知恵とは？」

「知恵というのは、約束をしないことです」

企業を経営するには容易なことではない。企業家の友人と称する人たちは企業家がどれだけ成功して高く飛んでいるかに着目しているのに対し、企業家の真の友人は企業家が高く飛ぶことにどれだけ疲れているかに着目している。

# 五十六　ユダヤ人の商売

ユダヤ人は商売上手との定評がある。

ある日、ある人がユダヤ人に一万ドルを借りることになった。一年後に元本と利息合計で二万ドルを返すことを約束した。

そして、ユダヤ人が一万ドルを差し出した。

物事がまとまったように見えたが、ユダヤ人が心配し始めた。「一年後って本当に返せるか。心配だから、むしろ今のうちに、利息分だけをまず返してもらうか」といいながら、一万ドルを取り戻した。

「利息は返してもらった。だから、一年後には元本一万ドルだけを返してくれればよい。あなたを信用しているから」とユダヤ人はいう。

## 五十七　バブルはこうして作られた

農家にユダヤ商人がやってきた。

農家が飼っている三百羽のうち百五十羽の鶏を一羽あたり四ドルの市場価格よりもやや高い値段、一羽あたり五ドルで買い上げた。全部で七百五十ドルを払った。

一週間後、ユダヤ商人がまたやってきた。

農家が飼っている鶏百五十羽を一羽あたり三十ドルで買い上げた、合計四千五百ドルを支払った。

さらに一週間後に、ユダヤ商人がやってきた。

今度、一羽あたり八十ドルで買いたいと農家に伝えた。

しかし、前回の取引で鶏を全部売ってしまったので、農家には売るものはない。

鶏が高く売れることに気付いた農家は、市場に行って一羽あたり六十ドル、三百羽を総額一万八千ドルで買って帰った。そしてあのユダヤ商人が来るのをひたすら待つ。

しかし、いつまで待っても、あのユダヤ商人は現れてこない。

結局、この商売では、農家の手元には依然として鶏が三百羽で変わりはないが、しかし、一万二千七百五十ドルの損を出してしまった。

株や外為、商品先物などのバブルは、実は同じ手口でこのように作られた。

## 五十八　死んだロバを売っても儲ける商人魂

農家が頼りにしていたロバが死んだ。悲しんでいると、ある小学生が助けに出た。

小学生は市場に行って、本来は二百ドルもするロバが二ドルで当たる抽選会をやると集まった人々に宣伝した。「本当に誰かが当たります。もしうそをついたら十倍にして返しますよ」と小学生が説明する。

結局五百人を集めて、千ドルを稼いだ。しかし、当たったのは死んだロバだった。当たった人が文句をつけたので、小学生は約束どおり、二ドルの十倍にして二十ドルを返した。

この小学生は、数十年後にエンロン社の社長になった。
※エンロンとは、かつてアメリカ合衆国に存在した、年間売上千百億ドル（2000年度）、社員数21000名を擁する全米でも有数の大企業であった。その後倒産した。

## 五十九　補聴器のアイデア

老人が店に入った。補聴器の値段を尋ねた。

「百円から五万円まで、いろいろあります。」店員が答えた。

「五万円のものは、どんなものですか」

「大きく聞こえるだけでなく、三ヶ国語も訳してくれるハイテックなものです。」

「百円のものは」

「ボタンひとつに線を繋いだものです」。店員がひとつ取り出してみせた。

「これで、補聴できるのですか」

「できないです。しかし、ボタンを耳にかけ、線をポケットに入れておけば、不思議なことに、みんなの声が大きくなるのです」と店員が説明した。

## 六十　百科辞典の売り方

百科辞典を売る若くてきれいな女性がものすごい営業実績をあげた。その秘訣が営業会議の場で紹介された。

「非常に簡単です」と、女性がそのノウハウを披露した。「訪問する時は、夫婦両方が在宅時を選ぶべきです。ご主人に説明をし、それから一言加えます。『急いで買う必要性はありません。私が次回また来ますので、そのときでも結構です』と、そのとき、ほとんどの奥さんが、すぐに買うと言い出します」

## 六十一　経営ノウハウ

養豚場を経営し、大成功を収めた経営者が臨終する前に、息子を病床の前に呼びつけ、不安そうに聞いた。

「うちの養豚場に豚たちの様子が不穏で、環境や待遇などの改善をぶつけられたらどうするの？」

「もちろん豚たちの居場所をもっときれいにし、食べさせるものもよくしてあげる措置を講じる」と、息子はいう。

これを聞いた経営者は涙がぼろりと落ち、「うちの養豚場は潰れそうだなぁ。豚たちに、養豚場の外にたくさんのオオカミが待ち伏せていることを教えてやれ！」と心痛めそうに言った。

もちろん養豚場に限った経営ノウハウではなく、株式会社の経営にも、国家の運営にも通用する。

# 六十二　慣れるとあたりまえになる

ニューヨークでの出来事。

エリート青年が地下鉄から上がり、オフィスへ向かう通り道にいつもいる物乞いにいつも1ドルを落とし、これがつい毎日の習慣となった。

ある日、物乞いの前を通り過ぎ、お金を落とさなかった。すると、物乞いがエリート青年に聞いた。「なぜお金を落とさなかったのか」と。

青年がこう答えた。「最近結婚したので、お金は全部嫁さんに預けた」

それを聞いた物乞いが激怒した。「なんだと。あれは私のお金だぞ。なぜ勝手に他人にあげたのか？」

いつの間に、習慣は、他人の厚意によって出来上がった自分にとって有利なルールにもなった。ルールを破ることを許せないのは、この世にはこの物乞いだけではない。

巻四

# 子供の純真

# 六十三　冷蔵庫の意外な用途

冷蔵庫の用途は様々である。南極に生息しているペンギンに以下の一幕がある。

子供ペンギンがお母さんにこう要求した。「冷蔵庫を買おうよ。」

お母さんは、こう答えた。「ここでは毎日氷点下摂氏４０度以下なのに、買ってきても使う道は無いよ」

子供ペンギンは、「だって、冷蔵庫の中はせいぜいマイナス４度で、外より暖かい。冷蔵庫を買って暖房として身体を温めたい」

使用者が置かれている場面によって、我々が考えもしない冷蔵庫の用途はあるので、物事は常識に捉われないことが重要だ。

## 六十四　小学生のいたずら

お母さんが小学生の一郎君に八十四円を渡して、切手を貼って手紙を出すように頼んだ。しばらくして、一郎が帰ってきたが、お母さんに八十四円を返した。「ちゃんと手紙を出してくれたの？」とお母さんが不安そうにたずねた。

「大丈夫、安心してよ、お母さん。僕、郵便局の人に気付かれないうちに、切手を貼らずこっそりポストに手紙を入れたから」

## 六十五　血液循環の学習

生物の先生が、生徒たちに血液循環について説明している。

「私が逆立ちすると、血液が頭に流れてきて、顔が赤くなるでしょう？」

「その通りです」と、生徒たちが一斉に答えた。

続いて先生が「では、私が普通に立っているとき、血液が足に流れてくるのに、どうして足は赤くならないのでしょうか？」と質問すると、生徒たちがまた一斉に答えた。

「先生の足は、空っぽではないからです」

# 六十六　羊と狼の物語

先生が小学生たちに「羊と狼の物語」を語り終えた。

「みんなよく分かっただろう」と、先生がまとめに入った。「もし羊が羊飼いの話をよく聞いて、みんなと離れなかったら、狼に食われることもなかっただろう。」

「分かりました、先生」とある生徒が頷いた。「でも先生、そのあとあの羊は僕たちに食べられることになるのですよね」

人間って大人になるにつれ、このような子供しかできない発想は無くなってしまう。

## 六十七　男女小学生の争い

男女二人の小学生が、生まれたら、男性としてがいいのか、女性としてがいいのかを争った。

男子小学生は「それは男性として生まれたほうがいいのに決まっているでしょう。少なくとも、将来私の子供は私の苗字になるのは確実だ。しかし、あなたの場合、将来子供を生んでも、何の苗字になるかは分からないでしょう」という。

すると、女子小学生はこう言い返した。「とはいえ、私が生んだ子供は私の子に間違いありません。しかし、あなたの場合、生まれた子が本当に自分の子供かは分からないでしょう」

# 六十八　思い込み

列子は自分が書いた本に以下のエピソードを書いている。

ある人がある日自分が持っていた斧をなくした。隣に住む子供が盗んだのではと疑った。

すると、その子供が歩く様子から顔の表情、話の口調などまで、どうみても泥棒に見えた。

暫くして、自家の農地からあの斧が見つかった。単に持ち帰るのを忘れたのだった。

翌日、隣の子供を目の当たりにし、どうみても斧を盗むようにはみえなかった。

単純な物語だが、２５００年を過ぎた現代社会でも人の思い込みの思考回路は変わらない。つまり、なにか焦った感情や偏った知識などから、つい考え方に客観性が失われ、思い込み的な見方になってしまう。過去もいまも変わらないし、もちろん子供だけのことではない。

巻五

# 世界の不思議

## 六十九　国民性という文化

客船が海の中で沈没し始めた。非常事態だ。

「客に、安全胴衣を着て海に飛び込むように言ってください。みんなしっかり頼むぞ」と、船長が部下に命令した。

数分後に、部下たちが戻ってきた。「お客様が飛び込みたくないと言ってるんです。どうしましょうか」

そこで船長が自分で出向いて説得すると、しばらくして客の全員が見事に海に飛び込んだ。

「船長、いったいどうやって説得したのですか」と、部下たちが訪ねた。

「私はちょっとした心理学を使ったのだ。イギリス人には、これはスポーツの一種だよ、と言ったら、みんな海へ飛び込んだ。フランス人には、これはとてもかっこいいことだよ、言った。ドイツ人には、これは命令だと言った。イタリア人には、これはキリスト教義に反していないと言った。中国人には、海には沈んでいる財宝や古董品があるかもしれない、そんなチャンスは二度とないと言った」

「アメリカ人には、なんと言ったのですか？」

「アメリカ人には、これはもうばっちり保険をかけてある、と言ったのさ」

「最後に、日本人に対して、ほら、皆が飛んだのだから、あなたも飛んでください」

各国には歴史で形成される独自の文化があり、この文化がこの国の人々の行動を支配している。

# 七十　伝統を変えた本当の理由

アメリカ人の人権活動家がベトナムである現象を発見した。夫婦の男女が一緒に歩くときに、男性が前に、女性が三歩下がって追随するように歩いていた。

これは男尊女卑によるもので、ベトナムの伝統とはいえ、改めるべきだと人権活動家が新聞で訴えた。

数年後、再びベトナムを訪問した人権活動家が見た光景は一変し、今度は女性が前を歩き、男性が三歩下がって歩いている様子であった。

自分が訴えた人権問題に効果があったと喜ぶ人権活動家が、男性に伝統が変わった原因を聞いた。すると、女性が前を歩くようになったのは、「地雷が埋まっているせいだ」との答えが返ってきた。

戦争や革命運動などがなければ、伝統という文化を変えることは実に難しい。例えば、日本の歴史上では政権を転覆するほどの戦争や革命運動がほとんどなかったため、千年以上も前の伝統がいまでも守られている。これに対し、四千年以上の歴史を誇る中国では、常に政権を転覆するような戦争や革命運動が起きるため、昔の伝統が守られないだけでなく、ほとんど取って変わられてしまったほどである。例えば、いまの中国で流行っている度数の高い「白酒」はモンゴル人が建てた元朝からもたされたものであって、元朝以前に中国で飲まれていたお酒はいまの日本酒とそんなに変わらない度数の低いものしかなかった。

さらにいえば、あのアルコール度数が高くて寒い地区の居住者に適した白酒だけが中国全土に普及し、低い度数のお酒は全滅して、たった一つの銘柄も残っていない。白酒と共存することなく抹消されてしまったのである。本来なら日本のように「十四代」のようなものがあってもおかしくはないが、それといったものがないのは、やはり当時、相当のことが起きていたことが想像に難くない。

紹興酒だけは残った。あれは家庭に娘が生まれると同時に、もち米を発酵させ、すぐに地下に埋めて、娘が成人してお嫁になった時に掘り出されるという独特な醸造方法であるため、厳しい取り締まりから逃れたからである。ちなみに、日本の酒造企業で「杜氏」と呼ばれる職人がいるが、三国誌の曹操（155～220 年）が書いた詩に名前が出る酒造の達人のことで、曹操はこう書いた。「何を以ってか憂いを解かん、唯だ杜康有るのみ」

また、あの有名なチャイナドレスはいつの間にか中国を代表する服装となった。チャイナドレスは「旗袍」という別称を持ち、「旗」とは満州族の略称であり、中国全土に満州族文化を浸透させるため、強制的に中国人の大半を占める漢民族に着用させたものである。当時の漢民族にとっては、劣悪な境遇や理不尽な待遇を堪え忍び、逆境におとなしく従うほかに選択肢はなかっただろう。時間が経つにつれ、その屈辱ともいえることが忘れ去られ、他民族の伝統は漢民族を中心とする中国の伝統と化したのである。

あれほど歴史の長い漢民族がいまだに自分たちの民族衣装さえ持てないのは尋常ではない。ちなみに、wiki によると、日本の着物は呉服とも呼ばれ、様式は時代と共に改良を積重ねてきたが、もともとは約2000年前に中国の呉の国の衣服が伝えられたことからきている。なのに、いまの中国にはその呉服の原型の影もない。なにかの戦争や動乱、思想統治などによって、漢民族の人々は自分たちの伝統が保てなくなり、民族衣装まで消されてしまったのである。2022年8月に、中国の蘇州である出来事が起きた。若い中国人女性が和服を着て蘇州の町を歩いていると、警察に一時拘束された。衣装を着る自由もないのかと多くの中国人が反発したが、中国政府系四大媒体の一つが、「公の場で和服を着て歩くのは不適切であり、国民感情を損なう行為である」との見解を示した。つまり、和服(呉服)はそもそも中国由来ということを知らないうえ、中国の歴史上においてなにがあったのかも完全に記憶にない。その事件の発生地である蘇州とは当時呉の国の中心都市であり、呉服の発祥地でもあるのに、歴史的な形跡として何の親近感も抱かないということは、とても文化が引き継がれているとは思えない。皮肉以外のなにものでもない。

中国の唐時代初期に、治世のため中国古代から代々伝わってきた極めて資料価値の高い一万四千部以上、八万九千巻からなる書籍を参考にし、編まれた『群書治要』という中国思想文化の集大成の本(西暦631年刊行)がある。モンゴル侵攻により、中国本土から早々に姿を消してしまった。1990年代に、偶然に日本で発見され、往時の遣唐使が日本に持ち帰ったものとされる。そして、日本の皇室関係者経由で、2011年に再び中国で刊行される運びとなった。なんと、千年以上の歳月を経て、本が中国に再び姿を現したのだ。

中国で多くの歴史や文化、伝統など、人からひとへと代々伝わったものではなく、古墳の発掘で得られた書籍・器具や、海外(特に日本)に残された資料などで判明したものである。中国文化の歴史が長いことが証明されると同時に、中国社会の浮き沈みが如何に激しかったかも物語る。

いまの中国は唐や宋時代の中国と異なる国であると言っても過言ではない。現在の中国人が歴史上にあった唐や宋の時代もしくはそれ以前の時代の中国を語るとき、外国を語っているといってもよい。なぜなら、文字や人の外見、土地や建物などは変わってないかもしれないが、唐や宋時代に代々作られてきた文化の基本である伝統や風俗と言う本質的なものが受け継がれておらず、ほとんど残ってないからである。

２０１５年１０月に中国政府が英国を公式訪問した際の中国訪問団について、「とても失礼な人たちだった」とエリザベス女王（Elizabeth the Second、1926～2022 年）が訪問対応の総指揮にあたったロンドン警視庁の警視長に自分の感想を漏らした。警視長もこれに対して「はい、とても失礼で、外交的ではありませんでした」と苦笑した。もちろん、インテリ層に属す中国政府代表団に限った話ではない。いまの中国では、医療、教育、治安、ビジネス界などほぼすべての業界および一般庶民の間において、お互い譲り合うことや相手を思いやることなどないどころか、基本的な礼儀すら欠けていることは、普遍的な現象である。それだけでなく、一部の人に相手に暴言を吐くことや、ヤクザのように脅かすこと、力を持って暴力を振舞うことなどがあり、とても孔子の教えである「礼」が引き継がれているとは考えにくい。

もちろん、孔子の教えが絶対的によいとは言えない。礼儀を構えて本音をストレートに言わないことは手足が縛られて身体が自由に動かないことに似ているように、一種の精神的な縛りであることは確かである。ストレスを解放できない点で健康によくないだけでなく、精神的にも性格に歪みが生じやすくなる。また、接するほうも相手が言っていることを真剣に受け止めるとひどい目にあうことが多い。そのため、孔子の教えは偽りを助長するものとして、否定的な見方をする人もかなりいる。現代人はともかく、「そもそも礼というものは、忠信という人の真心が薄くなったから生まれたものであり、人の争乱の始まりである」と老子は孔子が礼儀を唱え始めた頃すでにこう指摘した。また、ドイツの哲学者ヘーゲル（Georg Wilhelm Friedrich Hegel、1770～1831年）がシェリング氏への手紙に、『論語』について、一種の皇帝を中心とする「国家的な宗教」であり、『論語』の薫陶を受けてしまうと「知恵者が生まれるのではなく偽善者が生まれる結果になる」と指摘した。残念ながら多くの人たちは「礼儀」と「忠信」や「教養」などを混同している。特に表立った「礼儀」に正しいことだけが評価されるようになり、「忠信」や「教養」などの本質を見失っている。

いまの中国では、孔子をある目的の達成に都合よく利用するまでになった。例えば、中国の文化と歴史が偉大で奥深いと訴えて、世界中に孔子名目の学校を設立したり、孔子研究のシンポジウムを開いたりすることなどはそうである。一部のケースを除けば、孔子および孔子の教えは、中国の歴史や文化に興味を持つ人々を惹きつけるための餌にすぎず、孔子の教えを自分たちの考えとすり替えて、自分たちの影響力を孔子の力で広めようとする狙いであろう。１９７０年代の中国で、共産党主席の毛沢東が当時の総理である周恩来を暗に排除しようとして、中国全土に孔子を批判する運動まで起こした。時には孔子を批判する、時には孔子を称賛する、いずれも政治目的で都合のいいように利用されていることにほかならない。そして、孔子を称える多くの人たちは、孔子の教えの実行が口先だけに留まり、自ら実践しようとしない。しかし、他人には「教養」として躾ける。そのような実用主義的な考え方は、世の中のすべてのことが損得勘定で動くという歴史によって鍛えられた経験であろう。

中国の歴史上、無数の偉大なる思想家や発明家、芸術家などが輩出した。しかし、ほとんどは元朝以前の時代の人物しか思い浮かばない。

外来民族であるモンゴル兵は宋朝の中国を征服する過程で、当時中国の中心地であった北方地区に住む漢民族の8割から9割相当の数千万人を殺してしまった。元朝が建てられた後、漢民族は異民族と見られ、反抗を防ぐため、漢民族中心の中国人に対し、徹底した厳しい思想統治や伝統文化の取り締まりを百年近く行った。そして、その後、二百七十数年にもおよんで外来民族が中国を統治した清朝では、同じく大量虐殺を行っただけでなく、思想の自由を徹底的に封じ込めた。そして統治する立場にある満州族の文化を無理やりに押し広めた。その結果、元朝や清朝以来、中国に傑出した思想家や発明家と言えるほどの人物はほぼ一人も出てないと言っても過言ではない。長い間の外来民族の厳しい統治により、漢民族を中心とする中国人が持つ本来の特性、古代中国ならではの良さなどは、野菜が無理やり塩漬けさせられ、野菜が持つ本来の味ではなく漬物に変えられてしまったことのように別物になったかもしれない。

当時、モンゴル帝国による侵攻は中国だけに留まらず、ロシアや欧州まで及んだ。この歴史を研究した欧州人はこのように指摘した。「ロシア人の皮を剥くと、タタール（モンゴル）人の血筋が見える」。ロシアがモンゴル領だった期間は五十年くらいに対し、中国は百年近くモンゴル領であったため、中国はロシアと似た境遇もしくはこれ以上の境遇にあったと考えてもおかしくはない。

かつて魯迅（1881～1936 年）は、モンゴルおよび満州族などの外来民族の統治により、中国人に変化が生じたことについて、憤りを覚えてこう指摘した。「多くの中国人は身体が支配され、自由に仕事を選べない物理状態に置かれる『奴隷』と、思想が支配され、自由に意見を言えない精神状態に置かれる『奴才』となった」。ちなみに、「奴才」という言葉は英語では「奴隷」と同じ「slave」であり、両者は区別されてない。しかし、明らかに両者は異なる性質を持つ人間のことを指している。日本語では、下僕や使用人、子分などの意味が近い。「奴才」は自分の「主人」に対しひたすら迎合し、媚びへつらって機嫌を取るのが仕事である。そして、自分より地位の低い人に対しては、自分が「主人」のように振る舞い、もしくはそれ以上に横柄な態度で臨み、相手を「奴才」扱いすることで、自己が失った自尊心を取り戻す。「奴才」の基本は、自分の生活や社会的な地位、命などが権力を持つ相手に握られてしまうことによって、精神的に屈し、自分の言動が歪んでしまったことである。元朝以前の「奴才」はあくまでも個人的な行為にすぎないが、元朝以降ほぼ全員が強制的に「奴才」にされてしまい、そして、時間が経つと、一種の伝統や文化であるかのように受け継がれて、いまはすっかり定着している。

権力の中心にある「主人」は、自分以下の全員を自分に逆らえない「奴才」と扱う。同時に、その権力の中心とどれぐらいの距離(間に何人いるかなど)にあるかによって、自分が「奴才」でありながらも、どれだけの人を「奴才」扱いすることができるかの「主人」でもある。そのため、自分が誰々を知っていると誇示し、何か事を犯しても恐れることはないとの考え方が浸透し、荒ぶった行動が横行する。なぜなら、自分に罰を与えようとする人は自分が知っている偉い人の「奴才」であり、庇護を受けられる後ろ盾があるからである。まさに小説『金瓶梅』に書かれた有名な言葉「犬を叩く前にまず飼い主に忖度しろ」のとおりである。

次のようなこともある。役所の事務員であっても、手続きをしにくる人が友人でもない限り、またはそれなりの供え物を持ってこない限り、自分の手にある国から与えられた些細な権力を使い、相手を困らせて、自分が「主人」である優越感を味わう。中国では、何事をやるにも、「奴才」扱いされたくなければ、知人や友人の紹介が重要であるのはそのためである。こうした役所の事務員がやっていることは自己満足の域から抜け出せず、まだレベルが低い。レベルの高い「奴才」は自己満足を後回しにして、まず「主人」の機嫌を伺い、「主人」の歓心を買えるなら、仮に常識はずれのことであっても精力的に行ってしまう。例えば、「主人」にお金や女を差し上げることや、「主人」の気に入らない人を容赦なく侮辱し、口汚く罵ることなど。そのようなことを通して、自分がいかに「主人」に忠誠心のある「奴才」であるかを必死に証明しようとする。

国内において、幼い子供から大人まであらゆる教育や宣伝などの手段を使用して、人々に奴才意識を塩漬けのように浸透させる。そのような笑い話がある。ある外国人留学生が中国での生活を始めて間もないときに、夕方19時にテレビを付けると、ニュース番組が流れた。チャネルを切り替えると、なんとすべてのチャネルが同じ番組だった。テレビが壊れたのではと不審に思って、宿舎の管理員に連絡し修理を頼んだという笑い話があった。中国では、19時のニュース番組はニュースだけでなく、同時に思想教育の役割も果たしている。中国全土にあるすべてのチャネルがその内容を同時に放送することが義務つけられているので、決してテレビが壊れたのではない。そして、それでも奴才になり切れない人たちに対し、国家権力を使って、威嚇や恫喝などの力で「主人」に逆らえない「奴才」に仕上げるか、または逃げ場をなくして徹底的に排除する。長く続けてきたそのような地道な努力により、「奴才」という人間は一種の漬物の商品かのように出来上がり、代々引き継ぎ、やがて一種の文化に化したのである。一般個人だけでなく、国を代表する外交の場でもこの国内で慣れた考え方とやり方を、外国に対しても用い、外交常識に欠ける強硬で尊大な態度で臨み、相手国を奴才扱いしようとする。民主国家の人々が戦々恐々、その戦狼のような外交的パフォーマンスをみて理解に苦しむのは、その中国独特な「奴才」文化に対する理解不足にほかならない。

しかし、相手を奴才化することはかならずしもうまく行かないとは限らない。場合によっては、「騙す側が悪いが、騙される側にも問題がある」と似た側面があり、そもそも利益を得たいという、表に現れない動機に自分が踊らされたこともあるからだ。しょせん、価値観だけでは飯を食えないと思っている人々や国々が「俺に付いていればめしを食えるぞ」という奴才文化という発想に共感を持つからである。

やはり、「主人」の機嫌を取ることは「奴才」の生きがいであり、「主人」の機嫌がよくなれば、何より喜びを感じ、そして、昇進するチャンスが訪れること、または便宜が図れることになる、との読みがある。中国で、桁外れの平然とした法律無視行為や官僚の不正蓄財事件などが多発する背景には、このような「奴才」文化があるからである。例えば、某地方大都市の政府官僚は、管轄内の企業家や有名人とのある宴会でこう言い放った。「年末になると、だれが供え物を持ってきたかは覚えてないが、だれが持ってこなかったとは覚えている」。いまは、官公庁の官僚に供え物を持っていくことは禁止となったが、裏ではなにも変わってない。むしろ地方でなく、中央省庁に勤めている官僚は企業との接点が少ないため、蓄財しにくいと失望感を隠さない人のほうが多い。

いくら学者であろうと、芸術家や企業家であれ、誰もが国内のその「主人」と「奴才」との関係で編み込まれた網から逃れることはできない。その為、経済的な実力を持つと、自分だけでなく、特に自分の子供がそのような「奴才」になるような洗脳式教育を受けさせたくないため、海外へ移住するなど、その理不尽な関係から脱出する人が後を絶えない。そのことは、中国からの人材流出に繋がり、傑出した思想家や学者が生まれ難い原因の一つでもある。

幾ら戦争や革命運動が起きても、「奴才」文化だけは消えない。「奴才」文化は国を統治する有効な手段のひとつと化したのである。面白いことに、統治者である「主人」が舞台から去るときには、自分が使い慣れた「奴才」に「主人」のポストを与えて次の統治者にすることはしばしばある。まさに「嫁が辛抱していずれ姑になる」の国家版である。

「奴才」というタイプの人間は日本や他の民主国家にも存在するが、しかし、プロの使用人として称賛されることがあっても、「奴才」であると同時に、他人に対し「主人」に豹変するようなことは少ない。ただ、組織のトップが部下を「奴才」扱いすることはよくあるが、「奴才」扱いされた部下は、自分がまだ法的な保護下にあると認識し、不安を感じることが少なく、逃れようと思えば逃れると思っている。また、社会的な外部環境もあり、奴才文化は組織ぐるみになり難いので、限定的である。

「奴才」文化の特徴は「奴才」が自分の人格や人権などの尊厳を犠牲にすると同時に、自分が「主人」で相手を奴才扱いするときに、受けた屈辱を相手に倍返しすることで歪んだ人格のバランスを保てることである。そのような階層化された「奴才」文化ができたからこそ、国を統治する際、反対意見や暴動などを抑え込むことができ、社会の安定に繋がる。西側陣営が中国に対し、民主や自由、人権問題の改善を呼びかけても効果があがらないのはそのためである。社会的な安定さが損なわれることと、多くの人々が「奴才」でありながらも「主人」となるときの楽しさと生きがいを捨てきれないことがあるからである。社会が民主と自由、人権を尊重する平等社会になることは、多くの人々、特に権力などの資産を持ったエリート層の人々にとって面白くないのである。逆に、多くの一般庶民にとっては、自由や民主、平等などを実際に体験したことがないため、思考回路が、用意された宣伝に自分が気付かぬうちに誘導されてしまっていることが多い。かつて清朝の統治者である西太后（1835～1908 年）は大臣にこう言った。「官は官、民は民、主人は主人、奴才は奴才、とそのような秩序を守らないと、天下が混乱に陥る。外国に対し礼を尽くし、自国の国民に対し奴才と見下し、これは天下を統治する永遠不変の秘訣である」

「奴才」文化は、そのほかにも「良い」ことをもたらしている。一番下っ端の人間は誰に対しても「主人」にはなれないので、自分および自分の家族を養うため、どんなに給料が安く待遇が悪い仕事も受けざるを得ない。そして必死に頑張る。世の中ほとんどの成功した企業が成功した理由は社員たちが頑張るからである。社員たちに頑張ってもらうのは企業経営者の並々ならぬ経営手腕によるとされる。しかし中国の場合、必死に頑張ってもらうための社会的な環境を作り上げたのである。つまり、現代社会ではすっかり少なくなった「おしん」的な人物を中国社会は持続的に生み続けている。それはかつて韓国ドラマ「冬のソナタ」が日本で大ヒットした際に日本人女性が噴出した「阿呆馬鹿パワー」に連想させられるものである。そのような力は中国経済が成長する原動力となり、世界に冠たる中国商品の価格競争力をもたらしたのである。かつて「Make America Great Again」（アメリカを再び偉大な国にする）と叫んだトランプ元大統領が選挙に使う、その文字が刻まれている帽子や旗などは、いずれも中国に発注して安く作られたものであった。それだけでなく、高い付加価値を有する商品を中国が作れるようになると、一気に値崩れが起き、従来、安住していた外国のメーカも値下げを余儀なくされた。そのようなことが点ではなく、面までに広がっていくと、やはりいままで世界各国、特に先進国が安心できなくなり、先進国から貧困国に転落していくリスクが高まる。

どの国も付加価値の高い仕事をしたがるが、しかし付加価値の低い仕事をやってくれる人がいなければ国民の生活は成り立たない。現実では、多くの国々が中国を批判しながらも、中国に依存せざるを得ない状況に追い込まれている。シェイクスピア（William Shakespeare、1564～1616年）が作った「To be, or not to be」（このままでいいのか、いけないのか、それが問題だ）のセリフのとおり、民主と自由、平等を謳歌する民主国家もハムレットと同じジレンマを抱えている。中国の「奴才」は「奴隷」ではないことを思い出してほしい。教育を受けた、仕事だけを求めて、民主と自由と人権などを求めない、あるいは求められない「奴才」的な性質を持った人たちは、世界中の製造業企業に好かれる良質な労働力として、あとどれぐらいいるのだろうか。皮肉なことに、その「奴才」文化が世界のサプライチェーンから中国を外すことを難しくしているのである。そして、多くの国々が無責任に難民を自国から放出するようなことは決してないことも、その「奴才」文化のお陰である。そのようなことを含めて考えると、中国に対し、民主と自由、人権などを求めることはあくまでも西側諸国の一部の政治家のパフォーマンスにすぎず、多くの政治家たちはむしろビートルズが歌った「let it be」（このままでいい）の曲名のとおりの答えを出している。

「奴才」文化が形成されることにより、経済発展を早いスピードでやり遂げるポテンシャルが高い。平等社会では、個々の企業が平等であるため、百の企業があっても、創出される価値はその百の企業の合計値にすぎない。企業と企業とのコラボレーションには限界があるので、一足す一で二以上の価値を生み出すことは難しい。つまり、個々の企業が技術革新や努力などにより自社の価値を伸ばすことは可能だろうが、しかし個々の量を増やしていることに留まり、量から質的な変化をもたらすことは困難である。それは民主と自由を唱えた平等社会がもたらした限界でもある。

一方、奴才文化社会では、いくら著名な企業であろうと、社会全体の発展に従わせることが必要だけでなく、時には犠牲を強いられることも必要である。そのため、企業と企業とのコラボレーションは企業同士の都合で行われることに留まらず、グローバルの視点を持って、企業と企業との内在的な関連性を分析し、必要に応じて政府の指導のもとで、異なる団体間の隔たりを埋めて行われることが可能となる。もちろん、確実に成功するとの保証はないが、ただ一足す一が二以上の結果を狙っているので、狙うとおりにいければ、いままで以上の価値を創出することができる。政府がビジネスに手を出すのではなく、あくまでも化学反応を起こさせる触媒的な役割を果たす。そのようなことは、都市建設やインフラ建設などでもよくある。道路をまっすぐ作ることや、建物を効率よく建てること、企業誘致のためにサプライチェーンを構築することなど、個々の個人や企業の都合を優先するようではとても話しにならない。結果的に、社会により多くの犠牲を強いられることになるが、ヘーゲルが指摘した「量から質への変化」をもたらしたことになる。その背景にはやはり企業が政府に逆らえない「奴才」文化があったからほかならない。経済発展も戦争と同じ考え方であり、個々の企業は個々の部隊と同じで、個々の部隊が自分のために必死に戦うよりは、役割を分担して戦いに臨んだほうが戦う効率がよくなり、そして戦争に勝ちやすい。様々な戦場で指揮を取った軍事家出身の鄧小平（1904～1997 年）がいまから約四十数年前に言った言葉「韜光養晦（才能を隠して、内に力を蓄える）」とは、やはり企業も部隊も彼の眼には同じように映っていたことに違いない。残念ながら、世界中のほとんどの人は彼の言葉の真意をいまだに理解していない。

政権を運営する際、もっとも重要なことは、社会の安定を図ることである。社会が安定することこそ、国際社会から相手にされることになり、政権として価値が生まれる。

社会の安定を維持するためには民主選挙など様々なやりかたがあるが、伝統文化を用いる手段に勝るものはない。1979年1月当時中国の最高指導者である鄧小平が訪米し、ジミー・カーター元大統領（Jimmy Carter、1924〜）にこう言い放った。「世界の平和を維持するため、アメリカは中国に対しての経済支援が必要だ。さもないと、中国から一億人規模の難民が世界に流れたら、アメリカは対応できるか」。その脅しとも読み取れる言葉がアメリカを動かし、以来、アメリカが中国に対し惜しまなかった様々な支援の引き金となった。鄧小平はさすが老獪である。鄧小平のその老獪さについて、ジミー・カーターが2015年に出版した『フルライフ』という自伝に、鄧小平の言葉に騙されたと書かれていた。中国は、社会的な安定を保ったことでイデオロギーのギャップを越え、諸民主国家から支援を引き出せた。しかし、その社会的な安定をもたらした背景には民主と人権などと相容れない「奴才」文化が隠されている。来店客が京都人から掛けられた一言「ぶぶ漬けでもどうどす？」を真に受けるように、アメリカ人は中国人の本音を読み切れてないのである。

魯迅の話に戻るが、「奴隷」とは、物質をどれだけ自由に選ぶことができるかの指標であって、「奴才」とは、思想をどれだけ自由に選ぶことができるかの指標である。ソクラテスがかつて喝破した「世界にたった二種類の人しか存在いない。一種類は楽しくて満足な豚であり、もう一種類は苦しくて不満足な人間である」という言葉どおりではあるが、しかし、その「豚」と「人間」とのバランスがどうであるべきかをソクラテスが言及してない。バランスを保てないと、「奴才社会」の秩序が脅かされる事態になりかねない。それを防ぐため、時々何らかの名目で運動を起こし、一時的に社会を混乱させることで、望みとおりの「奴才社会」の秩序を回復させるという手法が使われる。１９６６年に中国で起きた「文化大革命」運動はそうであったし、今現在行われている「反腐敗運動」や「ゼロコロナ政策」などもそうでないとも言い切れない。「大きな混乱があったからこそ、大きな秩序が得られる」と毛沢東が言った名言どおりであり、ソクラテスが言い忘れたことでもある。そのようなことで、欧米諸国が期待するような「豊かになるにつれ民主と自由を求める」ことを防波堤のように機能させて防いできたのである。

韓国や台湾もかつて日本という外来民族によって一時統治されたことを経験した。異民族を統治するにはかならずと言っていいほど相手を「奴才化」する政策が敷かれる。相手を順従させると同時に、自分達の文化を押し広め、相手が持つ異なる伝統や文化を消そうとする。モンゴル人や女真族などがかつて中国に対しやったことと何の変わりもない。そのため、韓国や台湾が日本に対し強く反発している。時期がまだ浅いため、負った傷がすぐに消えることはない。しかし、韓国とは対照的に台湾は若干親日的であった。

台湾が親日になった理由のひとつは、日本人が台湾から立ち去ったあとに、やって来たのが共産党との内戦で敗れた国民党が率いる人々であったためだった。それらの人たちはそもそも軍人中心の人々が多いうえ、戦争に負けた悔しさなどもあって、台湾にたどり着くや、自暴自棄に陥って日本以上に残虐的な統治を行った。そのことにより、日本人のほうがまだましという感覚を台湾人が思うようになった。それは韓国と台湾が同じ日本統治を受けたにも関わらず、反日と親日の分かれ目になったのではないだろうか。

日本は歴史上、国内に大きな混乱がなく、外来民族による侵攻も「神風」で守られたため、外来民族の統治も実質的になく、千年以上の伝統がいまなお守られている。よい面がある一方、きめ細かな目に見えないルールや伝統などが代々作られ、継承され、多く存在することになり、不注意に違反すると「いじめ」またはそれに相当することに遭いやすいという悪い一面もある。地方に行くほどよそ者に対し排他性が強い。よい言い方をすれば、伝統を重んじることであるが、一方、過度に完璧さを追求すると、却ってストレスに陥りやすく考え方が狭まることになることがある。中国や米国に出かけると開放感と閉鎖感との差が歴然と実感できる。米国は歴史が短いため、そもそも伝統といえるものは存在せず、なにかの伝統に縛られることも当然ないに等しい。中国は前述のとおりで、国としての歴史は長いが、伝統が頻繁に取り壊されるため、これと言った伝統はほとんど存在しなくなった。

皮肉なことに、日本人がルールを守り規則正しいと世界中から評価される背景には、伝統を重んじることにより、漬物と同じように長い時間をかけて形成した、じわじわと人にストレスを与えるような「いじめ」という目にみえない文化があったからである。これは、相手に対し、暴力を振るわないこと、遠慮してストレートに言わないこと（これも一種の日本文化）などによって、相手の行為を正そうとする日本ならではのやり方である。それに慣れてしまった日本人は、自分が他人からどう見られているかがとても気になる気質になり、例えばよくある「変な目でみられる」など、自分の行動を慎重にするまたは自ら正そうとする行動パターンを取る。しかし、海外に出ると、日本にいるような縛りがなくなり、開放感から行動パターンが日本にいるときとかなり異なる。人にもよるが、そのような目に見えないルールに縛られると、ストレスを感じる人は外国人だけでなく日本人も少なくない。

中高生などの子供は単純なので、いじめが露骨的に行われるのに対し、大人のいじめは「空気を読む」という目にみえない形で行われる。本質は相手の個性ある言動を異種とみなし、排除しようとする点で同じである。例えば、定時になって一日の仕事が完了したとしても職場から引き上げにくいことや、女性の社会進出問題、年功序列、決められた社会的な地位と階層など、いずれもそのような日本人しか分からない暗黙のルールがあり、空気のように日本中に漂っている。

伝統を長く保てない国や異なる文化と接することの多い国では、そのような文化は形成され難い。長い時間をかけて形成されてきたこのような規律正しい伝統は、「和」と称され、結果的に、表面上での「礼儀」や穏やかささえ保てればよいとされるため、人々が教科書どおりの形式的なことを追求するようになり、逆に本音や本当の気持ちなどが裏に隠されまたは抑制されることになる。そのため、「表」と「裏」との両面性を持ち合わせた気質になりやすい。例えば、日本のある週刊誌では実例をあげ、「日本人は『世界一礼儀正しい』が、『世界一イジワル』だった」ことと、「ネット上の誹謗中傷が異常なまでに盛り上がり、他者を自殺に追い込む国は日本の他に類を見ない」ことを論じた。つまり、普段、見た目では礼儀正しく真面目そうなひとでも、相手が見えないところの SNS の世界になると、容赦なく他者を貶めたり、暴言を吐いたりし、他者に傷み付けることで自分が礼儀社会で溜め込んだストレスを釈放し、自己満足させることがよくある。そのような人および行いを、「悶騒」という漢字を用いて称する。文字通り、声を出さず、黙々と騒いでいる。如何にパソコンやスマホーなどの現代社会ならではの世界によって生み出されている人間像であろう。礼儀正しいことが古くから評価されている個人の素質ではあるが、過度にあらゆる場面において礼儀正しいことを躾けられると、結局他人の目線や口先に生きることになりかねず、溜まったストレスの反動で思わぬところに裏目が出てしまう。日本人同士では、そのようなことは暗黙の了解としているので、見知らぬ人に対し、気軽に声を掛けて接近したりすることはあまりしない。逆も同じで、見知らぬ人からの接近に対し非常に警戒する。やはり、「表」と「裏」との感覚から、相手が何かを企んでいるのではないかと不安を感じるのだろう。

世界のほとんどの国でよくある、見知らぬ人同士間で気軽に声を掛け合うような光景は、日本にはほとんど見られない。また、外国から日本にやってきた大半の人たちはその日本社会に存在する「表」と「裏」という両面性に気づくにはかなり時間を要する。日本の伝統文化の元で育てられ、慣れてきた多くの日本人は他人に迷惑をかけたくないことと自分も邪魔されたくないという気持ちが強く、人との交流は仕事上だけに限られるので、リタイアした後、社会から見捨てられ、孤独に陥りやすい。そのためかどうかはよくわからないが、日本では孤独死（一人で死んでいく）が多発する。多くの日本人がその「表」と「裏」との両面性から素直に自分の気持ちを表せないことから由来するストレスを感じているため、「おもてなし」という表も裏もないという意味を持つ言葉に共感し、この言葉を２０１３年に流行語大賞に選んだのである。

「表」と「裏」の形成原因を裏付けるような出来ことがあった。２０２２年１１月に日本で起きた法務大臣による「ハンコ失言」事件である。大臣はこういう。「法務大臣は死刑のハンコを押したときだけニュースになる地味な役職だ」。もちろん、法務大臣という立場からすると、反発が起きるのは理解できるが、しかし、大臣があくまでも本当の気持ちを言っていたので、大臣が更迭されたからといって、次に任命される大臣は本当の気持ちをいえなくなるだけであって、本質的に「地味な職務」であることに変わりがあるわけではない。でも民衆はこれで「怒り」が収まり、これでまっとうな「形式」に整ったと、とりあえず満足した。大臣の発言は不適切かもしれないが、しかし、大臣なりのユーモアのセンスで問題提起したことと受け止める人は残念ながら日本には皆無と言っても過言ではない。日本にはユーモア的なセンスを持つ人は少ない。原因は、心に余裕がなかったことかもしれない。例えば、人間関係によるストレスや日常生活の大変さ、周りからしつこく要求される真面目さなどが心の余裕をなくしているかもしれない。ただし、爆笑などのテレビ番組をはじめ、報酬ある仕事として取り込むと、面白みがある作品を世に送り出している。つまり、なんでも仕事次第ということになる。仕事を含め日常生活あらゆる場面に対し、ユーモアな態度で臨んで対処することとは異なる。人生は長い歳月を過ごす。十年、二十年なら無事に過ごせるかもしれないが、必ず有事な時がやってくる。うまく乗り越えられるかは、ユーモアの態度がないと難しいであろう。

「ハンコ失言」の話に戻るが、日本では、「形式」が整ったことはなにより重要である。抜本的な対策、例えば、裁判制度の改良や裁判官の唯我独尊的な独走の阻止などの問題点を取り込まない限り、判決の精度が落ちる一方で、社会に公平や正義をもたらすことができないし、総理大臣が指摘した「職責の重さ」がこれで重くなったりすることもない。つまり、民衆にとって、そのような「更迭」という小手先の対応で恩恵を受けることはないだけでなく、むしろ今後ますます「表」で本当のことを言えなくなり、何事があっても思っていても「裏」に隠したほうが得だと心得た政治家が増えるだけの結果となりかねない。

伝統は諸刃の剣である。多くの場合、伝統は時間の流れとともに洗練され、非常によい形になるが、しかし中には悪習となるケースがあることも否定できない。日本では歴史上に政権を転覆するような革命が起きなかったため、伝統を守って後世に伝わることができた。対し、中国では、常に前政権を転覆するような革命が起きるので、自らの革命行動の正当性を証明するため、伝統を刷新してしまう。よって、中国では、伝統というものは一つの王朝に限り統治が届く範囲内に限る。つまり、王朝が変われば、古い伝統は廃棄され、新しい伝統が形成される。中国に行く日本人は四千年以上の歴史を誇る中国に伝統がないことに驚きを隠せず、日本を訪問する中国人は日本の伝統に親しみを感じるのはそのためである。

「長者三代」という諺が日本では、一代目は苦労して財産を築き、二代目は親の苦労を知っているので、その財産を守るが、三代目は贅沢に慣れて財産を潰すことが多いとされているが、中国では時代の交替により財産を守り切れないことを指している場合が多い。同じ諺ではあるが、内在的な意味は若干異なるのが興味深い。

中国の歴史と伝統を熟知した毛沢東は『新民主主義論』にこういう言葉を書いた。「破壊なきところに建設はない。行き詰まりなきところに流れはない。行き止りなきところに前進はない」

## 七十一　システムエンジニアという職業

現在のIT産業の代表的な職種は、システムエンジニア(SEと呼ぶ)だという。SEは憧れの職業として、世間から注目を集めているが、果たして本当にそれほど立派な職業なのだろうか。

ある人が実際に仕事の実態を調査したところ、なんと売春婦と共通点が多いことがわかった。共通点は以下に示す。

1、夜の仕事が多い。徹夜になることもしばしばある。

2、若いうちでないとできない。年寄りの人は顧客に使ってもらえない。

3、指名がかかり、顧客を満足させられなかったら交代するのは業界の常識。

4、顧客満足度は、ほぼ個人技で決まってしまう。

5、仕事中に高度な集中力が要求され、まわりには人がいないほうがいい。仕事が一段落した途端、無上の喜びを感じるという。

6、自分の活動できる範囲は、行政指導によって定められた地域のほうがいいという(ソフトパーク対レッドゾーン)。

7、顧客のニーズがころころ変わりやすく、常識では考えられない要求ものまなくてはならないことが多い。

8、ウイルス問題に悩まされている。

9、Plug＆Play　という用語は、説明なしで通じる。

10、マイクロソフトが好きになれない。

SE（システムエンジニア）の仕事は個人技に依存するところが大きいことは事実であるが、しかし、ビジネス上それを無視する大手IT企業が実に日本に多い。

日本の大手IT企業は自社ブランドを活用し、より多くの仕事を受注しようとし、そして自社技術者が不足のとき、中小企業に発注してこなす。エンドユーザへの納品責任は大手IT企業が負うので、進捗管理や予算管理などだけをやって、中小企業からSEを派遣してもらい、開発するというビジネスモデルで成り立つ。多くの場合、こうした中小企業は大手IT企業に派遣するチャンネルを大手IT企業から幹部を受け入れることで作った。そして、本来ならSEの実力が問われるところだが、どんぶり勘定で、大抵SEと称する人の頭数で、一人あたり一ヶ月いくらでSE費用を計算し、仕事の対価とする。多くの下請け中小企業がその仕組みを利用し、大きな利益をあげた。例えば、IT知識や基礎など備えてないひとたちをかき集め、数ヶ月程度勉強させて現場に派遣し、堂々とSE費用という名目の代金を稼ぎ、しかも利幅がITスキルを持つ人より遥かに大きい。

お金はかけたけど、使い物にならないシステムはこうして作られてきた。日本でよく見られる光景だ。なぜ日本かといえば、日本の大手企業の幹部は退任しても、後任者は自分が在任中に育てたので、セカンドキャリアで自分が中小企業に行ってもそれなりの金額で仕事を発注してもらえる。恩返しの使命が後任者に課せられているからである。いわゆる、義理人情を重んじる日本文化である。

かつて日産自動車元CEOのカルロス・ゴーン氏は日本の義理人情文化が理解できなかったため、そのようなチャンネルでは競争力を生み出せないとして、ほとんどのケイレツ（癒着）企業との関係を打ち切った。ゴーン氏を弁護するつもりはないが、その経営手腕は認めなければならない。また、自社の幹部からしか経営責任者に昇格できないような人事システムから離脱しないと、過去のしがらみに捕らわれてしまい、思い切った経営はできないであろう。はたして嘗て自分がお世話になった部署を、経営合理化の名目で首切ることはできるのだろうか。かつて巨大企業IBMも思い切って経営者をITと異なる食品業界から迎え入れ、見事にIBMを破綻寸前から立ち直らせた。

義理人情という伝統文化には思わぬところで裏目が出る一面もある。

## 七十二　予算の使い道

地方政府で年末に使いきれなかった予算が余った。この予算をなにに使うか、県議会で議論となった。

案は二つあった。

一つ目は、小学校の設備を充実させること。もう一つは刑務所をホテル並みに改造すること。それぞれ賛成意見と反対意見が出て、会議が長引き、話はまとまりそうにないと思われた。

すると、議長がこう言う。「みなさん、わかりやすいように、自分のことを考えてください よ。今後、ここに座る方々が小学校に入ることはおそらくないでしょう。しかし、刑務所に入ることはまだ可能性はあると考えられます。さあ、どうしましょうか」

結果、全員一致で刑務所をホテル並みに改造する案を可決した。多数決がかならずしもよい結果を生むとは限らない例である。

# 七十三　出勤時間

中国の文化大革命の時代（1966〜1976年）に、こんな話があった。
北京の刑務所に収容された三人が、自分が犯した罪について語り合った。
一人目：「私は、勤め先でいつも遅刻をしていたため、国家建設を破壊した罪人として逮捕されたのだ」
二人目：「私は、いつも定時より早めに工場に出勤したため、国家の秘密情報を盗むスパイと疑われて逮捕された」
三人目：「私は、正確な時計を頼りに、いつも定時に出勤したんけれど、外国時計を使っている人間は愛国者じゃないということで逮捕されたのだ」
人に罪を着せようとすれば、証拠はいくらでも揃えることができる。もちろん、中国に限った話しではない。

## 七十四　中国の養豚所

中国の農村での出来事である。

政府役人が農家にやってきて、「あなたは、なにを豚に食べさせているのですか」と聞いた。「食べ残しとか、いらなくなった野菜とか」と答えると、役人のひとは「それではぜんぜんだめです」と言った。

「私は国民健康監視員です。あなたは、栄養分の足りないものを豚に食べさせている。その豚を国民が食べれば、どういう結果につながるかわかりますか。罰金一万元です」

数日後、今度は別の役人がやってきて、また農家に尋ねた。

「豚に何を食べさせているのですか?」

「えびとか、ビールとか、いいものをいっぱい食べさせていますよ」と答えると、その役人は「それはぜんぜんだめです」と言った。

「私は全国食品学会のメンバーです。わが国にはまだ満足に食事もできない人々がたくさんいます。あなたの贅沢行為は許せない。罰金一万元です」

数ヵ月後、三人目の役人が農家にやって来て、前に来た二人と同じ質問をしたので、農民はこう言った。

「私は、毎日豚に三十元を渡して、なにを食べるかは、豚自身に決めさせています」

一見悪いことしかならないが、しかし、そのような厳しい環境があるからこそ庶民は自分が自分をどう守るかを考えるようになり、より賢くなるというメリットもある。

一説では、ケニアやエチオピアなどの国々が陸上長距離選手を輩出する理由は、アフリカ草原ではいつもライオンに襲われるかわからないから、食われないように必死に逃げる為であった。命の危険から身を守るために取った行動が長い歳月をかけて、ついに血に刻まれることになり、長距離を走る能力が鍛えられたのである。

つまり、能力というものは追い込まれることで逆に身に着くのである。

# 七十五　人脈の効用

中国では、兎に角、人脈が大事。実在した笑い話がある。

ある人が、高級レストランに入り、高価な料理だけでなく、高いお酒も存分に飲んで消費した。お金を支払いたくないので、電話で大学の同級生でいまは警察署の幹部となった友達に電話をかけた。「俺は、レストランで食べ終わった。しかし料金がすごく高いので、助けに来てくれないか」

すると、数分後にパトカーが警報を鳴らしてレストランまでやってきた。警察官が身分証を提示し、店に入った。いきなりその人に手錠をかけ、店主に「逃亡犯をずっと追跡していたので、やっと逮捕することができた」といい、無理やりその人を連れ出した。驚愕した店主はもちろん飲食代を徴収する暇もない。

店をあとにしたパトカーに座る警察官はその人の手錠をはずし、「もう行っていいよ」と言った。

数日後、その人はまた別の高級レストランをたずね、食事をした。同じように支払いたくないので、今度は友達の医者に電話し、助けを求めた。

今度は救急車がやって来て、すでにお腹が痛くて倒れているその人に近づき、医者が特有な診断方式でみて、店主に「ひどい食中毒だ。すぐ助けないと命が危険だ」と言い、その人を連れ出した。当然、食中毒というのもただの演出である。

人脈をいろんな場面で活用しているのは中国ならではの特徴だ。しかし、このような無茶なことを怒って正そうとする中国人はあまりいない。なぜなら、自分なりの人脈をもって、違うところで自分なりの人脈を生かし、得をして生きがいにしている人が実に多いからである。そして、利権社会がすでに構築された現状では、他人を告発しても何も得られないので、そんな暇があったら時間と精力を自分の人脈開拓に使ったほうがより賢明であると考える人が多い。あれほど大きくかつ複雑な社会の中では自分の力だけではなにも変えられないし、利権を持つ人脈の力に頼らざるを得ない現実が目の前にあり、「虎の威を借る」ことに熱中する。

本当の人脈とは自分がどれだけ偉い人を知っているかではなく、自分がどれだけ他人から認知されるかである。映画「ゴッドファーザー」が言うように、「本当の人脈はあなたを助けた人ではなく、あなたが助けた人である」

## 七十六　法律は道具である

日本には法政大学がある。名前の通り、政治と法律を重点的に勉強させる大学である。中国には中国政法大学がある。その政法大学で授業中に教授がこう言った。

「わが国では、刑事案件も民事案件も案件の状況によって審理や判決の仕方が変わる。大きな案件は政治判断が決め手で、中程度の案件は社会影響度合いが決め手である。そして小さな案件は人脈関係で決められるようになっている」

すると、生徒が教科書を地に投げ出し、不満を言い出した。「ならば、法律は使うところがなく、無駄ではないか？」

教授は冷静に言う。「本を拾ってください。無駄ではない。受験の時に必要だ」

嘗て中国の最高実力者として君臨した鄧小平は、こういう言葉を言い残した。「法律は限られた知恵を持った人間が作ったもので、社会が発展するにつれ、状況は変わっている。人間が昔に作った法律に縛られるのはバカバカしい」。さらに、１９７２年に訪中した米国のニクソン元大統領（Richard Milhous Nixon、1913～1994年）からなぜ中国革命が成功したかと聞かれた毛沢東はこう答えた。「私は、和尚が傘をさすようなことをしているからです」。この言葉を聴いた通訳もさすが意味が分からず、慌てて毛沢東に確認した。すると、こう説明された。和尚の頭には髪の毛はない。傘をさすと天が見えなくなる。「髪」という発音は、中国語では法律の「法」と同じで、「天」とは神様のことを意味する。そうなると、毛沢東が言ったこの言葉は、「わしの眼中には法律もないし、神様もない」ということを意味する。中国語でいうと、「無法無天」である。中国の歴代の指導者はそのような認識でやって来たので、いまさら欧米諸国が法やルールに基づく国際秩序を中国に遵守するようと呼びかけてもなかなか聞いてもらえないのは当然といえば当然である。なにせ、既存のルールを破ったからこそ、中国革命に成功をもたらしたし、そして、経済成長も成し遂げられたわけであるからだ。つまり、目標達成するため、過去に存在していた何かの法律やルールに縛られるようでは話にならないのである。

生涯裁判で苦しめられたマーク・トウェイン氏もこう言った。「いくら証拠を提出しても、アホウな裁判官には通用しない。裁判とは、無実な人に罪を被せ、罪のある人を無罪にする、人間の考え出した最善の方法だ」

ほとんどの人は、マーク・トウェイン氏のこの言葉は冗談だとみているが、実際に米国だけでなく、日本でも実際に裁判を数回経験すれば、彼が言った言葉は正しいと気付く。システム的に、裁判官が法律に基づいて正しく判決を下して当事者を納得させるより、むしろ当事者を諦めさせることで、社会に安定と秩序をもたらすことに効果がある。どんなに単純な案件でも裁判には時間がかかり、提出された証拠は裁判官がどうにも解釈できるので、正しい判決を下す確率は低い。したがって、ハリウッドの痛快アクション映画のように、ヒーロー的人物が裁判所をあてにせず、自ら暴力を使ってでも問題解決をはかるのはやむをえないかもしれない。日本の場合、多くのサスペンスドラマでは、事件を起こした犯人が自ら犯行に及んだ理由は法律に対する失望感があるためと描かれている。そのようなドラマに多くの人々が共感している。

体験を紹介しよう。筆者は中国でも日本でも会社を起こしそれぞれ二十年以上会社を経営した経験を持つ。長く会社経営していくと必ず様々なトラブルに遭い、そして東京の裁判所と上海の裁判所に被告としても原告としても行き、数件程度の裁判を経験した。それらの経験からすると、日本の法廷では、裁判官が意見をあまり言わず、ひたすら双方に答弁書類の提出を求めることに終始する。そのような「答弁書」で証拠および主張が出尽くすと、判決書が出され、裁判が終わることになる。つまり、その終わった時点で裁判官がどのように事実認定をしているのか、そしてこれらの事実に対しどのように法的な解釈をしているのかなどをはじめて知ることができ、判決の結果を知ることになる。しかし、多くの場合、判決書に書かれた判決理由は納得できるものではない。運が悪かったかもしれないが、少なくとも自分たちに関わった日本での事件では、判決書に書かれている判決理由は裁判官の思い込みだらけと感じ、法に基づいての説得力がなく、デタラメな判決が多いと感じた。

原因をいろいろと考えてみた。一つ目は、ある裁判官が裁判官になれたのは司法試験の受験が上手だったため、実際には物事を理解し、分析する能力が欠如しているのではないかと考えられる。判決書に書かれた理由は誤った事実認定と目を疑う恣意的な法的な解釈だけでなく、肝心な数字の計算さえも間違えていたケースがあった。つまり、裁判官は明らかに実務能力が不足していた。

もう一つは、裁判官という専門性の高い職に就き、長くこの特定の職業でしか働いたことのない多くの方は、大学に勤める学者と似た気質がある。つまり、多くの方は頭の回転が速い代わりに、どうしても専門的な世界に閉じこもることで、唯我独尊になりやすい。机上の空論には長けているが、社会的な常識を持って物事を考えることがあまりできず、世間知らずになりやすい。そうなると、狡猾な当事者の詭弁に翻弄され、社会常識の欠如から「社会通念上の相当性」を用いると裏目に出てしまい、正しい判決を下すのが困難になる。所謂「泳ぎの上手い人ほど溺れる」の諺が示す通りである。

もちろんまともな裁判官がいることを否定しないが、しかし、職権乱用の裁判官もいるだろう。裁判を通してわかったことは、証拠が同じ事実であっても、法的な解釈が裁判官次第でどうにも解釈できるので、損得勘定で判決を下していることがある。

また、日本だけの特徴かもしれないが、地裁がおかしな判決を下しても、高裁ではその地裁の判決を否定するようなことはあまりしないのではないか。地裁も高裁も同じ庁舎に入居しているので、顔が馴染んでいる、仲間意識があって庇ったのではないだろうか。判決書に書かれた理由をみてそう感じた。最後に、裁判官の仕事ぶりに対し、監督機能の欠如により、裁判官が裏で片方の当事者と癒着して私利のための判決を下すこともないとは言い切れない。特に、義理人情の厚い日本ではそのような司法腐敗のことが起き易いのではないだろうか。経験した事件とそれに伴った判決書をみてそう思ってならない。

本来なら、具体的な判決事例、例えば、「原状回復工事費用事件」（オフィスビルの原状回復にあたって、契約外の工事内容に掛けられた費用や説明のできない工事費用などが見積書に計上されても、相手方に見積書どおりの費用を負担する義務があると担当裁判官が下した判決事例）や「労務管理事件」（企業が厚生労働省や労働基準監督署に課せられた基準のとおりに従業員の労働時間の管理を責務として履行したにも関わらず、担当裁判官がその基準の存在すら知らずに労務管理に関わる判決を下した判決事例）などの判決事例を挙げて、問題点を分かりやすく説明したかったが、自らの経験と友人からもらったアドバイスなどを考えると、断念した。日本には、本当のことを言いづらい環境があり、本当のことをいうことで思わぬひどい目に遭わされることが多いからである。また、「表」さえよければよいという形式を重視することの多い独特な文化の壁もあり、本当のことを通して問題点を提起したとしても、何の役にも立たないし、革命を起こさなければ、変えられそうにない。

当方からすると、いい加減な判決を食らっても、負けで払った代償でよい勉強になったことと本の内容を充実させることができたことで、むしろ裁判官に感謝している。彼らの「パフォーマンス」がなければ、このような内容を世に知らしめすことができない。まさに、『後漢書』に書かれた「朝に失い、夕方に取り戻す」の言葉とおりである。しかし、誰でもそのように考えるとは限らない。不当な判決を受けた人は裁判官に対し恨んだり、裁判所が入る庁舎に爆破を仕掛けたりすることがないとは言い切れない。

一方、中国の裁判所では、訴訟内容ごとに分類し、訴訟内容に応じ、判決のポイントをWEBサイト上に情報公開している。つまり、事件に対し、裁判官がなにをみて判断しているかのポイントをできるだけ明確に提示している。日本のような裁判官の個人的な裁量による法律の恣意的な解釈が少なく、判決の公正性と公平性を保とうとしている。

また、訴訟となった場合、裁判官が案件の事実認定や案件と関わる適用法律を適宜に提示して解説し、そうしたうえで双方に答弁の意見を求める。そうすると、判決書が出される前の時点で、答弁を通し、自分たちが法律の解釈に合っているのか合っていないのかが概ねわかり、判決の結果が大抵想像付き、勝訴または敗訴に関係なく、裁判官が書いた判決理由に唐突感がなく、納得できる判決が多い。実際には、一般的なことであるかどうかはわからないが、判決書に法律の条文を載せて、それを根拠に判決を下していることもはっきりと示されている。

さらに、判決に対し疑問を持った場合、電話または書面などで裁判官に対し詳しい説明、例えば証拠の採用と不採用の原因や法律の解釈など、を求めることができる。裁判官は誠実に回答することが義務づけられ、裁判官による恣意的な判決を防ごうとしている。

違う点として実感したのは、日本の裁判官（もちろん片方の当事者と裏で手を握ったクロの裁判官を除く）には法律の条文や解釈などを当事者から教えてあげる必要があり、日本では、当事者が法律を教えるほうであるのに対し、中国の場合、当事者が教わるほうである。結果として、中国での裁判が終わると、法律に対し理解が一層深まったことになるのに対し、日本での裁判が終わると、なぜそのような判決が出されたかなど、不思議に思い、裁判官に対し不信感を抱くようになった。そして、明らかに不合理な理由ではないかと思っていても指摘して質疑できる機会さえ貰えず、裁判システムに対し不信感を抱かせてしまうことになる。

また、日本では、実質二審で終審となるので、裁判官に思い違いの判断や腐敗行為などがあってもそれを食い止められるだけの方法はどこにも存在せず、明らかに不当と思われている判決が出た場合、泣き寝入りするしか方法はない。つまり、司法腐敗を監督できない、構造的な問題である。それに比べ、中国では同じく二審制ではあるが、不服の場合、再審の条件が明確に示され、また、裁判所所長や検察院などに申立てを入れることもできるので、裁判官の暴走を食い止められる方法はいくつも用意され、誤審や誤判などをできるだけ防ごうとしている。

どちらの国が法治国家であるのか、本当に分からなくなるときがあった。国際情勢に関わる案件や社会に大きな影響を及ぼす案件は中国では裁判官の裁量だけで決めさせることは決してしない。把握している情報の量と質が違うことがあるうえ、社会での実務経験が欠ける裁判官に国家利益（政治的な立場や外交関係の維持、社会的な安定など）に関わる判断を委ねるわけがない。日本ではこのような案件はどう取扱われるかは、分からない。そのため、法治水準を測るとどうしても中国がやっていることが目立ち易く、分が悪い。逆に、日本では表さえしっかりしていれば、中身を伴わなくても立派な法治国家と評される。

法務大臣の職責は重いが、裁判官の職責も重い。誤った審理や判決を下すと、多くの人たちにダメージを与えることになり、下手すると当事者の人生を狂わせてしまうことにもなりかねない。どのように裁判官の能力不足と社会経験不足を補うか、また、裁判官の個人的なモラルの問題もある。日本では、それらの問題点について問題意識を持って裁判システムの改良に取り組まないと、犠牲者が後を絶たない。少なくとも、知り合いの日本人弁護士何人からもこう言われた。「裁判官のことを信用してはならない」。マーク・トウェインの見方と一致したことはただの偶然であろうか。

アメリカでは司法の腐敗を防ぐため様々な措置が講じられるようになったと聞いたが、日本では実際の経験からするとまだそうはなってない。裁判官が自ら自分の裁量権を手放そうとしないし、政権側もそのほうが好都合と思っているかもしれないので、決して司法改革をしようとしないのであろう。２０２０年に起きた安倍政権による検察人事への介入事件はそのことを裏付ける一例である。つまり、専制政権も長く政権の座にいる民主政権も法律を自分の身を守るための道具として利用することは共通している。ただ、これだと大衆からの反発に遭遇する可能性が高くなるので、他の国のことは知らないが、中国では一般庶民のためにより公正公平な司法制度を確立しようとしている。日本は残念ながら司法上さまざまな問題点を抱えながらも放置したままで一向に解決しようとしない。

かつて、ガリレオ(Galileo Galilei、1564〜1642 年)が地動説を唱えたことを理由にカトリック教会から有罪判決を下され、無期刑となったが、これは政治主導の判決以外になにものでもない。無期刑をもらったガリレオはこうつぶやいた。

「それでも地球は動いている」

## 七十七　腐敗は単純な腐敗ではない

中国の官僚たちの腐敗は、想像を絶するものがある。

A市の市長がB市の市長の家を訪ねたとき、B市長の家の豪華さに驚いて、どうやってこんなに金をかけることができたのかとたずねた。

するとB市長は、窓の外を指さして、「あの橋が見えるかね？」と聞いた。

たしかに立派な橋がみえたが、A市長にはB市長の発言の真意がよくわからなかった。

B市長が続けた。「あの橋を造る予算の十分の一を、この家に使ったのだ」

数ヵ月後、B市長がA市長の自宅を訪ねた。今度はA市長の家の豪華さにB市長が圧倒され、「どうやってこれを？」と聞いた。

A市長は、窓の外を指して「あの橋が見えるかね？」と言った。B市長が戸惑った表情で、「橋だって、そんなもの、どこにあるの？」と訝しげに言った。事実、誰の目にも橋は見えなかった。

A市長が言った。「もちろん橋なんかあるわけが無いさ。あの橋を造る予算の百パーセントの費用をこの家に使ったんだからね」

中国における腐敗問題は実は単純な腐敗問題ではない。

古代中国では、トップに君臨する皇帝が実に孤独で、一番悩まされた問題はあれだけ広い国をどう統治するかである。

すると、ある大臣が皇帝にこう進言した。「うまく統治するには、皇帝にたくさんの忠誠心を持つ官僚が必要です」

皇帝が聞く。「大量の忠誠心を持つ官僚はどうやって確保するのでしょうか」大臣が言う。「彼らに腐敗できるようにしておくことです」

皇帝が驚いた。「腐敗者が沢山出ると、民衆は造反するのではないでしょうか」「そうはなりません。もしどこかに造反者が出てくるようなことがあれば、この腐敗した官僚を捕まえて懲罰すればよいことです。そうすれば、民衆は悪いのは官僚であって皇帝は賢明だと考え、皇帝が民衆の支持を得られることになるでしょう」。大臣が続ける。「一方、官僚は腐敗ができるということは皇帝が与えてくれたチャンスととらえ、皇帝に従うことで、自分の財産を作れるチャンスを掴むことができるので、皇帝に忠誠心を持つようになりますよ」

以来、中国歴史上において誰が統治者になっても、腐敗はむしろ政権を維持する為の道具と化したので、腐敗がなくなることはまずない。逆に、腐敗が出来なくなるような政治環境を作られたら、皇帝に追随するひとが少なくなり、政権が倒れてしまうリスクが途轍もなく高くなってしまう。それは、きれいすぎる水には魚が生息できないのと同じ原理である。

「反腐敗」が政権維持の役に立つことは三国誌にも記載されている。

建安二年（西暦197年）、曹操は袁術がいる寿春を攻撃した。ちょうど農作物が不作の年でもあり、曹操軍の兵糧が不足してきた。食料供給を担当する王垕は曹操の元に訪れ、情況を報告した。「兵糧が不足してきていますが、どのように致しましょうか」。曹操は「配給の時に升を小さくし、急場をしのぐしかあるまい」と指示した。王垕は曹操の命令に従い、小さな升を使って配給を始めた。

もちろん満足に食事もできない兵士達に不満が噴出し、しかもその怒りは曹操に向けられた。それに気づいた曹操は王垕を密かに呼び寄せ、こういう。「お前（王垕）の首を借りたい」。王垕は「私に罪はありません」と驚く。曹操は「お前に罪がない事くらいは、わしも分かっている。しかし、お前を処刑せねば兵士達の動揺が収まらない。お前の家族の面倒は見るから心配するな」と説明。そして、王垕の首を斬らせた。

曹操は王垕の首を手に入れると、全軍に向かいこう述べた。「王垕が汚職し、大事な兵糧を横流し、皆に小さな升を提供し誤魔化した。軍律により王垕を処刑した」。曹操のこのやり方が功奏し、兵士達の不平不満は取りあえず収まった。兵士達は曹操に対しての信頼が高まり、必死に戦った結果つい袁術を破った。つまり、反腐敗は目的ではなく、反腐敗は目的達成の手段である。

もちろん、腐敗行為は民主国家にも存在する。しかし、民主国家での腐敗行為は個人的な私利に留まる。時には政治家の弱みとして握られ、操られることや政治家を締め上げることなどである。いずれも民主国家の政権にダメージをもたらすために利用される。専制国家のように「反腐敗」との名目で、自ら長期政権の維持や民衆の不満解消など、社会を安定させるための政治利用があまりない。逆に、情報収集能力の不足により、民主選挙とはいえ、情報戦を制した国の言いなりの政権（傀儡）になることがある。そうなると、むしろ専制国家のほうが長期視野での国家戦略を立てやすく、意思決定にも他国の都合によらず独自性を保ちやすい。まさに皮肉以外のなにものでもない。

腐敗行為は主に「汚職」と「贈賄」で構成される。専制国家の場合、「汚職」は主に政治利用されるが、「贈賄」は経済利用されることが多い。特に地方政府が財政難に陥り、官僚が自分のポストに悪い影響を及ぼしかねない時に、「贈賄」反対という名目で金をかき集めることに走る。積極的に自分の財産で貢献しない資産家は政府に非協力的な人物とみなされ、「贈賄」という罪で問われ、財産を没収されることが多い。冤罪が多発するのではと想われかちだが、しかし、実態はそうではない。実際のところ不法行為によって蓄財できた人が実に多いからである。それは、中国だけに限った話ではなく、世界中に眼を張り巡らせると、多くの人々がお金持ちになったのは、法律の条文に書かれている金儲け方法をよく実践できたからに他ならない。

欧米諸国の経済学者たちの「専制国家が経済危機に陥る」との予言がほとんど当たらないのはやはり専制国家の統治手法に対する理解不足だからである。他人事を心配している場合ではない。例えば、アメリカの州政府や市政府が予算不足で政府機能が一時停止に追い込まれ、連邦国家の借金によって増刷したお金で凌ぐしかないということはしばしば起きる。一方、専制国家の場合、そのような無責任なことを発生させないのは、実際の社会に存在している貧富の差をうまく埋めたからである。手段はともかく、結果がものをいう。

毛沢東が提唱した「お金持ちをやっつけ、奴らの田畑を皆に分けてやろう（打土豪、分田地）」から、鄧小平の「先富論（豊かになれる人は先に豊かになれ）」を経て、いまの「共同富裕」まで、すべて筋が繋がっている。このような政策を推進する裏には、多数の民衆からの支持を確実に得られると同時に、財源問題も解決されるとの考えがあるからだ。まさに一石二鳥の妙策である。

ちなみに、「共同富裕」という概念は1950年代初期ごろに毛沢東が提唱した政治理念である。1949年に中国共産党が政権を奪取すると、たちまち土地が国の持ち物となり、個人として誰一人も田畑を持つことができなくなった。そのため、かつて共産党革命の勝利を導くことに極めて重要な役割を果たしていた「資産家の奴らの田畑を皆に分けてやろう」ということが成り立たなくなったため、スローガンが遭えなく変えられた経緯があった。

どんな社会であっても貧乏人が多数を占めるという現実がある。より多くの人々から支持を得るため、お金持ちをやっつけることは過去も現在も社会問題解決の有効な手段のひとつであることに変わりが無い。民主国家のように増税して財源を確保するのは、貧しい人たちをさらに貧しく追い込む結果しか生まない。皮肉なことではあるが、貧富の差を効率よく埋め、よりよい社会作りが出来るのは民主国家ではなく専制国家のほうである。

例えば、米国でも日本でも路上生活者がいるのに対し、中国では路上生活者はあまり見かけない。中国に旅行に出かけると、大都会はともかく地方都市でも公園や道路、景観などがしっかりと整備され、世界の多くの国々の中心都市である首都よりも立派との印象が持たれる。それらにお金をかけられるのはやはり「共同富裕」のお陰である。民衆誰ひとりも漏らさず生活が豊かになりつつあることを実感してもらえる。一方、そのような市民生活レベルの向上に直結するような整備にお金をかけられるだけの民主国家はあまりない。余ったお金がないだけでなく、あったとしても民衆から税金の無駄使いと批判される羽目になりかねないからであろう。また、路上生活者が無くならないのは、政治が一部のひとに操られ、救済という行為はすでに事業の一部と扱け、様々な私利私欲という目的に利用されたであろう。

民主国家と同じように、専制国家も「共同富裕」は実現しない。問題の本質をかつてノーベル経済学賞を受賞したハイエク(Friedrich August von Hayek、1899～1992 年)がこう読み解く。「ある種の問題が永遠に解決されることはないだろう。なぜなら、問題解決する側が自ら問題を作り出している側でもあって、自作自演しているからである」

## 七十八　南アフリカのデスモンド・ツツ

南アフリカは黒人主体の国だが、長きにわたって白人が統制支配していた。民族の対立や人種の紛争問題がいつも国際社会でクローズアップされてきた。デスモンド・ツツ大主教はそれらの問題解決に大きく貢献したことで、１９８４年にノーベル平和賞を授与された。

さて、そのツツ大主教はスピーチがうまいことで定評がある。１９８４年の冬、ツツ大主教はニューヨークで講演して、次のように聴衆に訴えた。

「白人宣教師がアフリカにはじめてやってきた頃、彼らの手元には旧約聖書、我々の手元には土地があった。次に、宣教師が『神に祈りましょう』と言うので、我々が目を閉じて祈り始めた。しばらくして目を開けてみたら、状況は一変していた。我々の手元に旧約聖書、彼らの手元には土地があったのだ」

## 七十九　北朝鮮の思惑

国際社会では、一時朝鮮労働党総書記に就任した金正恩氏を見下して、次のような笑い話を作り出した。

労働党大会では、北朝鮮の士気を高める為、金総書記は米国を越えるべきと力説し、朝鮮による太陽への有人飛行計画を発表した。一瞬、会場は驚きの空気に包まれ、静かになった。暫くして、ひとつ小さな声が聞こえてきた。

「太陽は温度が高いので、人は耐えられるのでしょうか」

すると、金総書記がゆっくりした力強い口調で、こういう。「夜になってから行く」

もちろん、満場の拍手が沸きあがった。

当然、これは単に笑い話にしかならない。実際には、若くして一国のトップとして国に君臨する金総書記は賢い方である。以下の一幕をみてみよう。

米国ホワイトハウスで記者会見が行われた場面である。

記者からの質問：「米国はなぜイラクやリビアを攻撃したのでしょうか？」

ホワイトハウスの回答：「イラクやリビアが大規模な破壊兵器を持っている可能性があ

るからです」

次の質問：「それでは、米国はなぜ中国やロシアを攻撃しないのでしょうか。」

ホワイトハウスの回答：「中国やロシアが大規模な破壊兵器を本当に持っているからです」

これが、北朝鮮が繰り返し核やミサイルの試験を行う理由である。

## 八十　ルールの違う勝ち負け

アメリカと中国の警察官たちが、どちらに実力があるかを試す実験をひそかに行った。逃がしたうさぎをどう捕捉するかという競技が、山の奥地で行われた。

最初に登場したのは、FBIだ。彼らは、さすがFBIらしく頭を使った。穴に火をつけ、GPSを使い、うさぎが耐えきれなくなって出てくるのをいくつかの出口で監視していた。しかし、予想だにしなかった結果となった。うさぎは別の穴を掘り監視カメラから逃れ、逃げ出してしまった。

次に、中国の武装警察官が登場した。彼らも、山の奥までうさぎを追ったが、しばらくして、なぜか熊を捕まえて引き上げた。熊は可哀そうにひどく殴られて傷だらけだった。熊は泣きながら「皆さん、もう殴るのをやめてください。私がうさぎです。あの逃げたうさぎは私です」と言い続けるのだった。

この米中競争では、ルールに対する認識が違うので、どちらが勝ちかは判断不能となった。

アメリカなど欧米諸国の多くは民選政府である。つまり、「民衆の味方」という制約に縛られ、公約した問題点をうまく解決できなければ、たちまち退陣に追い込まれる。そのため、民選政府はどうしても目先の効果が見える政策を優先させざるを得なく、政権のトップは自分が在任中にさえなんとかなればよく、長期的な視野で戦略を立てて推進することは難しい。

一方、専制国家では、民衆の意見よりは、政治体制や社会システムをどう維持するかを最優先に考える。政治体制や社会システムの安定は与党の国家を統治する私利ではあるが、社会を発展させる前提条件でもある。与党の地位が保てないと、いくらすばらしい政治抱負があっても「絵に描いた餅」にすぎない。それは民主国家も専制国家も同じである。専制国家はそのような政治判断に基づき、自分たちの政策や意見などを学者や専門家などの口を借りてまずメディアに流し、国内だけでなく外国も含めて世論の反応を確かめる。民主国家のように議会で時間を費やして議論することはほとんどしない。大丈夫と判断すれば実行に移し、失策のリスクを軽減させている。報道を統治することで異なる意見を抑え、自分の主張を正当化し、効率的な政府運営や長期的な戦略を推進することが出来る。

例えば、短期的または中長期的に利益を生まない研究開発を実行することは、民主国家では公平・公正性が問われるため、なかなか実現し難いが、一党専制国家ならできる。そのような研究開発では、直接的に利益をあげることはないかもしれないが、国家全体および長い目で見た場合、単純に利益では測りきれなくても産業発展にとって重要な役割を果たしていることが多い。

例えば、高速鉄道の建設。中国は世界最長距離の高速鉄道を建設したが、次から次へと建設を進めているのは採算が取れたからではない。2020年に公表されたデータでは、高速鉄道の経営に限ると、むしろ平均一日当たり5億元超（日本円で換算すると約100億円）の赤字を出している。それでも止まることがなく建設し続けている背景には、鉄道による他の産業への波及効果や雇用創出などがあるからだ。特に高速鉄道が山奥まで住む人々のことまで考えて建設されたのは資本主義社会では採算が合わないためとてもできることではない。また、高速鉄道の建設が生んだ巨大ニーズにより、他の産業にとって技術革新の起爆剤となり、中国産業全体の底上げという役割を果たして、世界で戦える競争力を持つようになった。しかし、中国での成功経験は他国にも適用できるとは限らない。「一帯一路」プロジェクトにより、同じ発想と同じやり方でアフリカの国々で空港や港、道路、発電所などのインフラ建設に融資してまで作ろうとした。しかし、波及効果が思うほど働かず、逆に他の国が債務の罠に嵌められてしまった。結果的に、中国のやり方が国際社会から批判を浴びるようになった。しかし、多くの場合、そのような批判は西側メディアの罠である。実際には、多くのアフリカの国々が負った大部分の債務は西側諸国に対するものであり、中国が債務に占める割合は必ずしも多くない。債務の内訳をみてみると、欧米諸国はアフリカ諸国にお金を融資し、多くのお金は欧米諸国が特長とする株式や不動産などの分野に流れた。それらの資産価格が嘗てないほど高騰し、繁栄したかのようにみえた際、ちょうど米ドルが利上げする時期と重なり、そして外貨の流出が起きる。そうなると、現地通貨の暴落が引き起こされ、リスク資産の価値が失われ、金融危機に陥ってしまう。逆に、中国も同様にお金を融資するが、しかし多くのお金は中国が得意とする空港や港、道路、発電所などのインフラ建設業に使われた。明らかに株や不動産など変動幅の大きいリスク資産とは性質の異なるものであった。つまり、各国に金融危機をもたらしたのは繰り返される米ドルによる利下げと利上げにあると言っても過言ではない。逆に言うと、貿易などの国際収支が米ドル決済に依存するような金融システムは悲観的な言い方をすると数年または十数年に一度に発生する金融危機に陥ることが避けられそうにない。七十八節に書かれた南アフリカのデスモンド・ツツ大主教が指摘したとおりのことである。

もちろん、現時点では、欧米諸国のメディアの情報操作能力が極めて高い。危機が起きると、チャイナリスクとして煽る能力は抜群と言わなければならない。失敗が目に付き易いという大衆の心理を読み切った民主国家メディアの特徴であろう。相手の失敗が自分の優位性の証明になり「自信」につながるだけでなく、自分の失敗がもたらした苦しみをもみ消すことができるからである。報道の自由があると謳えると、ほとんどの人が局所をみて全体だ、表面をみて全部だと理解して信用してしまう。視聴率を気にしすぎるため、本当のことや深掘りすることを言うよりは、民衆が聞きたいことを聞かせることで、報道側も視聴者側も両方がハッピーになるからである。かつてニーチェ(Friedrich Wilhelm Nietzsche、1844～1900 年)が言った「事実というものは存在しない。存在するのは自分にとって都合のよい解釈だけである」との言葉どおりである。

何事も多数決で決まる民主国家だと、大抵51％の賛成が49％の反対を押し切ることになり、あたかもみんなが賛成しているかのような錯覚を与えていることが多く、真相は事実よりも数で決まると言っても過言ではない。政治家の場合になると本当のことを知ったとしても決して言わず、逆に支持率のことを気にして、損得勘定で言う言葉を慎重に選ぶ。また、敵対国のことを貶めるような言い方をすると支持率があがるので、常套手段として重宝される。なにより、自分がいかに支持を得られるかということがすべてであるという民主国家における構造的な問題である。そのため、政界に深入りすればするほど風見鶏になりやすく、言ってることがごろごろと変わる。一方、民衆の多くはこのようなことに気を付けず、大手メディアが言っているのだから正しいだろう程度に受け止めてしまう傾向にあり、メディアの情報に翻弄され、自己保護の本能から多数の意見に同調してしまい、自分の都合のいいように解釈しているのが現状であろう。

専制政府は自分の主張を正当化するため、国内のメディアを情報統治するだけでなく、欧米諸国を含め世界中のあらゆるメディアに手を出している。例えば、欧米諸国の一部のメディアに広告費用を出して自分たちに有利な報道をしてもらったり、欧米諸国の一部の政治学者や経済学者たちに報酬を支払って自分たちの言いたいことを言ってもらったり、など。そして、これら海外メディアで発信された情報を国内に逆輸入し、海外発の意見と装い、自分たちの主張がいかに国際社会からも支持されているかを国民に示して、その正当性をアピールする。そのようなやり方は、国際政治社会はともかく商業社会でも一般的なやり方である。例えば株価や先物を吊り上げるために自己に都合のよい情報をわざと第三者を通して発信し、市場を誘導するなどがある。しかし、表では公正公平を保っていることを装う。その点においては、民主国家も専制国家もほとんど変わらないが、しかし、専制国家のほうが人から疑われやすく、敵対勢力に攻撃の口実を与えてしまっているので、逆に国内ではともかく国際社会では信用が得られにくいという弱点がある。

選挙制度により築かれた民主主義社会は、様々な問題点を抱えている。国内の場合、自由と民主を最優先に守り切ることで、民衆への統治力が専制国家より劣るのは避けられない事実である。例えば、２０２１年1月6日にアメリカ合衆国国会議事堂で起きた国会議事堂襲撃事件は、たまたま起きた事件とみるべきではない。自由と民主制度下で社会的なモラルがいつまで維持されるか、時間が経つにつれ、様々な試練が待ち受けている。民衆が自由と民主主義の恩恵を享受すると同時に、混乱を孕むリスクも覚悟しなければならない。安定的な社会環境は国を治め発展させる、もっとも重要なファクターである。かつて老子は「大国を治むるは小鮮(しょうせん)を烹(に)るが若し」という言葉を言い残し、国を運営するため何事も安定した環境が大事であると説いた。裏を返せば、安定を脅かすようなことは防がなければならないという意味にも読み取れる。

また、民主と自由しか社会を発展させることができないと考えるのは誤りであることに、民主国家はやっと気付いた。もちろん、言論自由に対し専制国家が戦争の時期など歴史的な原因で恐れている。言論自由を統制しないと経験から戦いに勝つことができないのではないかと考えるようになった。また、言論自由は人権問題として取り上げられることは単純に西側諸国の武器にすぎず、言論自由になることで、政権の権威を守れなくなる恐れがあるので、せっかく長い歳月をかけて構築されてきた「奴才」社会は崩れることになり、皆のベクトルを一つの方向に向かわせ、社会を思う通りに発展させることができなくなりかねない。一方、平和時代に、言論自由は庶民たちのガス抜き的な効果があることを専制国家は認識していない。実際には、言論自由により、情報が氾濫し、どの情報が本当かどの情報がフェイクか、正しく判断できないため、どんなに不都合な情報が流れたとしてもほったらかして自然に消えることが多い。つまり、情報を規制するのではなく放任するほうが平和時期の社会に溜まる不満を解消し、社会の安定化を図ることには有利で、暴動や蜂起などのことが起き難いということを専制国家は認識していない。また、認識したとしても極端に追い詰められない限りでは暴動や蜂起などのことで政権の存続を脅かすことがあっても転覆するまでの事態にはならないと考える。革命や戦争などの時に比べると大した困難ではない。世界各国を見渡しても、それぞれの国では、どんな体制であれ、必ず困難な状況に陥ることがある。問題は困難ではなく、困難の質であり、解決できる困難であれば問題ではないと考える。その考え方に引きつられて抜け出せず、コロナのように緊急事態宣言をあるタイミングで解除してもパンデミックにはならないことを理解していないと同じことと言えよう。2022年11月にコロナを取り締まり最中に中国全土で起きた「白紙運動」はその表れである。革命や戦争の時期に形成された表現や言論の自由への統制は自由と民主を標榜する欧米諸国の攻撃の口実を与えただけではなく、国内の政敵にも政治利用されることがある。例えば、1976年に毛沢東が死去したことを契機に、鄧小平が「四人組」を一気に逮捕し、長年「四人組」が中心に封じ込めてきた表現や言論の自由を解放すると訴え、大衆からの支持を得た。しかし、さすが鄧小平も最高実力者の座を手に入れると、表現や言論自由を少しは緩め、テレサの歌などを聴くのは許された程度にはなったが、肝心なところは依然として統制されたままである。

一方、民主国家では、一時的に経済がうまく行ったため、専制国家との違いは言論自由によるものと誤解が生じた。インフレや経済・金融危機、政治混乱などに陥り、危機的な状況になった時、民主国家の政府として取れる対策手段は金融政策や財政出動などに限られる。たとえば、インフレ退治のためによく用いられる金利引き上げという手法は、世界諸国だけではなく、自国にも大きな危機をもたらしてしまう可能性がある。なぜなら、安定的で完全競争が保証される社会であれば、利上げは有効に機能するかもしれないが、しかし、戦争や疫病などにより社会の一部がコントロールできなくなってしまった状態に陥ったとき、政治力抜きで金融政策だけで問題を解決しようとするには限界があるため、うまく機能しない可能性が高いからである。例えば、元FRB議長のグリーンスパン氏が在任中に連続して十数回に及ぶ金利引き上げ措置を実施したにも関わらず、10年物米国債の利回りが逆に低下するという謎めいたことが起きた。グリーンスパン氏でさえも説明できないこの現象はのちに「グリーンスパンの謎」と呼ばれるようになり、その後に起きたリーマン・ショックと無関係とは言い切れない。もちろん、企業の倒産はかならずしも悪いことではない。ただし、あのリーマン・ショックは社会進歩につながる優勝劣敗ではなく、自動車が故障して人を死なせた交通事故のようなものであったことを考えると、話が違う。皮肉な話かもしれないが、マーケットの不確定性に対し、ルールに縛られない専制国家に比べ、民主国家には社会混乱を治める手段が遥かに少なく、選択肢は限られている。

専制国家は明らかに産業と政治をリンクさせている。国にとって影響度合いの大きいまたは重要な産業分野に置かれる企業に対し、国が実質的にコントロールし、融資も市場原理でなく政治判断で実施して、雇用を守り社会の安定を図る。ちなみに、国が企業をコントロールするとは、「企業経営」に手を出すのではなく、一種の限られた意味での「企業所有」に手を出すことである。なぜなら、企業の社会影響力が大きくなると、政治的なリスクや経済的な暴走などをコントロールし、社会に与えかねない悪い影響を抑える必要性があると考えられているからである。企業をある程度所有してないと、そのような権利行使ができないことは明白である。完璧に機能するかどうかはだれもわからないが、少なくとも「リーマン・ショック」のような世界規模の金融危機を発生させない仕組みは作られていた。もちろん、もともとの出発点は専制国家特有な自国の社会と経済の安全を守りきることで、政権維持を狙うためのものである。皮肉なことではあるが、専制国家だからこそ、国を自分の住む家のように大事にしている。逆に、民主国家の場合、国のことについて、嘗てフランス国王ルイ15世(1710～1774年)が言った言葉「Après moi, le déluge」(私が亡き後に洪水よ来たれ)の通りにしか思い入れがなく、詩人李白(701～762年)が描いた「且つ楽む生前一杯の酒、何ぞ身後千載の名を須(もちひ)るや」の心情しかないかもしれない。

一方、影響度合いが小さい企業には、自由競争原理に任せ、活性化を図る。このような公平性が欠ける環境のなかで生き抜かなければならないので、逆に競争力の強い企業が生まれる。例えば、以前のメイド・イン・チャイナ(中国製)商品と言えば、品質が悪いものか、パクリ商品かなどのイメージがあったが、そのような話は自由競争を導入して以来数十年経つとすっかり聞こえなくなった。むしろ、一部の中国製商品は世界をリードするまでに成長した。つまり、競争していい分野と競争していけない分野を分けることで、社会の安定化と経済の活性化の両立にひとまず成功したのである。どんな組織や団体、企業であっても、人権を講じ、自由と民主があるから効率的に仕事ができるという保証はどこにもない。嘗て計画経済を経験した中国はこの点についてだれよりも認識していたので、そこから独自な運営方法を試行錯誤しながら生み出した。民主制度の倫理観からみると歪んでいるし、不正や不祥事も多く、許されるわけがない。しかし、そのようなことを気にしないのは、「水清ければ魚棲まず」という『漢書・東方朔』が指摘した現実があるからだ。つまり、自由と民主とはこの国の歴史や文化、信仰、国民性などの実情に合わせることが必要で、常に社会の進歩の歩調に合わせながら対策を講じていくことが重要であると考えた。単純に民主選挙を実施してよい社会が作れるというわけではない。もちろん、将来的にも中国で民主選挙が実施されないとは言い切れない。しかし現段階では欧米が推奨した民主選挙制度には問題点が多く、いまの中国社会にはそぐわないとの認識である。社会の発展は常に地球環境や科学技術の認知水準、国民性などとすり合わせることが必要であるため、段階的に進んでいくのが通常である。そして価値観も時代の流れと合わせて変化していく。ミルクもパンも樂に食べることのできない人にとって自由と民主を手に入れてもほとんど価値があると思われない。人類が地球上に生存していくには、「人類生存品質」という指標を持つのがよい。しかも時代の変化とともに数年に一度は見直され、どれだけ進歩したかを評価できるほうがよい。西側諸国が自分たちにとって都合のいい「普遍的な価値観」を全世界に押し付けるのは歴史と文化、信仰、国民性を無視した暴挙であると言えなくもない。コンピュータの世界に例えると、従来の一極集中で中央CPUから指令を出して処理するやり方は、個々にCPUを持たせる分散処理型に変貌していった。つまり、価値の創出が重要で、人類にとっても同様である。

また、自由競争で勝ち抜いて大きくなった企業に対しては、企業内に与党の支部をすぐさまに設置し、与党政権の影響下に置き、コントロールできるようにする。同時に、政府の若手幹部を企業に期間限定で送り込むことにより、幹部にビジネスの世界での経験を積ませ、今後の政策策定が社会の実態と合うようにセンスを鍛える。また、企業には政府が持つ様々な資源を与えて、政権と企業とのウィンウィン(win-win)関係を築く。例えば、企業経営に必要な信用関係の樹立や国際・国内の人脈の構築、業界の技術動向および業界の権威的な専門家とのパイプ作りなど、一企業ではなかなか難しい課題を政府の力で手伝おうとする、など。そのようにお互いにとってよい循環を作り出すことが重要だが、もっと重要なのは、困難なときに痛み分けをしてくれる相手でもある。そのようなやり方は、「上善如水」(出典:『老子道徳経』)と称する。政権を握る与党が持つ様々な資源を与えるとき相手(企業)の形を変えるのではなく、水のように相手の形に合わせるように流し込み、相手を助けると同時に、自分も流動性を保つことで助けられるという生き方の哲学である。民主国家では到底できることではない。

外国のグローバル企業も政治利用されている。中国のマーケットをそれらのグローバル企業に提供する代わりに、所属する国のみならず、国際社会において中国に有利な働きをしてもらう。さもないと、中国マーケットから容赦なく締め出される運命に遭う。つまり、「敵に塩を送らない」と同じように、「水を他田に流さない」のである。

もちろん、専制国家のやり方ではうまくいかず失敗することも多い。やっていることは矛盾だらけで批判されることも多い。時には民衆から不満が噴出し、暴動さえ起きる。その不満にどううまく対処するかは重要だが、失敗から何かを学び、教訓を得て次なるチャレンジに繋げるなら、一時的な失敗は怖いものではない。国家に限った話ではなく、企業も個人もそうである。むしろ、世の中すべての成功は失敗の積み重ねから生まれるので、民主国家のように、失敗イコール失脚のほうが逆に怖い。失敗で得られた経験が生かされず、交替した失敗のないひとがまたどこかでかならず失敗をしてしまうからである。

さらに、複雑な国際状況への対応では、民主制度は必ずしも適しているとはいえない。民主国家は、国内で民主制度に沿って定められたさまざまなルールに縛られている。その延長線で、国内と状況が異なる国際社会で、文化やルールが違う国々と付き合い、異なる価値観や異なる行動行為を持つ勢力と向き合うなかで、有効に機能するとは言い切れない。国内の有権者は誠実に説明責任を果たす当選者に馴染んでおり、ある国が挑発行為を繰り返すのは、単純に相手国を消耗させる一種の戦略的な手段なのか、単なる見せかけの行為なのかが分からない。また自国の政治家が取ろうとしている対策は、政治家の責任と使命によるものなのか、利益集団のためなのかも民衆が見破ることは難しい。さらに、多くの民衆の意思で物事を決めようとすることは、目先の利益を追求することが多く、蟷螂窺蝉になりかねない。つまり、多数決に任すことは良いことであると同時に、情報収集能力不足に起因する誤った決断が下される危険性も潜んでいる。かつて孫子（BC545～BC470 年）はこう言った。「兵は詭道なり」。この言葉は、現代社会において、国と国との競争にも適合し、政治家と民衆との駆け引きにも適合するのである。互いに持っている情報の質と情報の量が違うので、多くの場合において、多数決ではまさに「海の水は升を持って量る」ようなことになり、いい結果が生まれる確率は低いのである。

国内でも国際社会でも、兎に角、勝つこと、成功することはなにより重要である。

成功者がいい加減でデタラメなことを言っても周りは耳を傾け、真っ当と真剣に受け止めるが、負けた者が真剣に真っ当なことを言っても周りが耳を傾けることはないし、いい加減でデタラメなこととしか思われない。１９７１年１０月に行われた国連第２６回大会で中国が国連に加盟し、台湾が脱退したが、これも価値観判断より力勝負である。とにかく強くなることこそ、はじめてみんなに認められることになり、価値観云々は都合のよい後づけの理由に過ぎない。強くなれないものはどんなに優れた価値観をもつにせよ認められることはないし、パンとミルクの前に一文も値しないことは昔もいまもそう変わらない。

この現実を理解した人や国にルールを守れと言っても、恐らくなかなか通用しない。相手にルールを守れと要求するのはまず自分がルールを守らないと、相手から信用を得られず、ただ相手をコントロールするための手段だと認識されてしまう。また、相手にルール順守を要求することは、相手の行動に予測が付くことで、自分たちがより成功しやすくなる一種のすべとみなされてもおかしくはない。

リング上で戦うときに、レフェリーが不在なら、戦う資格を剥奪される事もない。ルール無視で、どんな技でも使う。最後に残ったひとが英雄であると尊敬されるのである。かつて、「勝つ為に手段を選ばず」と太平洋戦争で負けを喫した日本の指導者がこのような言葉で嘆いた。しかし、日本にとっては、歴史上たった一度の敗北経験にすぎないが、中国にとってはそのようなことは歴史上何度も繰り返され、経験してきたことである。

中国の中原地区（いまの河北省や河南省など）を占領したモンゴル帝国の第二代皇帝であるオゴデイ（Ogodei Khan、1186～1229 年）が、占領後、これだけ数の多い漢民族の人々をどう取り扱うかについて、部下にこう問いかけた。「漢人を全部殺してしまえばどうだろうか。この地区を広大な草原に改造し、我々が羊を飼ったり、馬に乗ったりするほうがよいのではないか」。結局、部下の阻止で草原化は実現しなかったが、理由は、農家の田畑を耕作する人がいなくなると、税金が取れないからだった。研究資料によれば、宋朝末期の1122年に中国全土総人口が推定9347万人あまりに対し、元朝はじめごろの1274年には約887万人までに激減した。推定数千万人にも上る漢民族の人が殺されていたことになる。例えば、1215年にモンゴル兵が約3000年以上の歴史を持つ古都である中都(現在の北京)を陥落させ、一ヶ月以上をかけ、約100万人にものぼる人々を殺し、都市を徹底破壊した。そのため、北京に元朝以前に立てられた建物が一つも残されてない惨めな結果となった、など。

清朝を建てた満州人もそうであった。『揚州十日記』に書かれたように、満州軍が揚州を十日間攻め、大規模な略奪と殺戮を行った結果、人口約八十万人(一説四十八万人)もいる揚州という栄えた都会に生き残れた人はほぼ一人もいなかった。その揚州大虐殺事件を記述した『揚州十日記』という本の存在は清朝の公的な資料にも言及され、広く知られているが、辛亥革命の孫文(1866~1925 年)がこの本を日本から中国に持ち帰るまで、中国本土では誰一人もこの本を目にしたことはなかった。清朝政権により禁書になったためである。もちろん、揚州以外に、このような殺戮事件は数え切れないほど中国のいたるところで起こっていた。

以来、孔子の教えである「礼」や「義」、「智」、「仁」、「信」などを尽くすことは文化が異なる相手に効かず、肝心なときにはまったく役に立たない無用な長物であることがわかった。逆に、道理を通じるとはこちらの一方的な幻想にすぎず、相手から尊敬されないどころか、逆に相手に弱みを見せ、容赦なくやられてしまうと、中国人の血に深く刻まれた教訓や恐怖感となった。いま西側諸国が推し進めている「人権」という価値観も孔子の教えと重なっているように見え、聞こえのいい言葉と、その推進者の過去にあった不名誉な歴史及び近年他の国を支配しようとする行動などを鑑みると、中国にはどうしても過去に経験した歴史の苦しみが蘇ってくる。すると、その普遍的な価値観と称される「人権」とは相手の都合のいい言葉に過ぎず、逆に国家の安全を脅かすものであると非常に警戒せざるをえなくなる。やはり、西側諸国と経験した歴史が違うことにより、「人権」という言葉の意味に対する理解も異なる。西側諸国が唱えた「人権」とはむしろ中国の歴史と現実を無視する一種の中国を弱めて食い物にしようとする武器にしかみえず、自分たちの国は自分たちで守ると中国が反発し妥協しない態度になったわけである。昔の「米帝国主義は張り子の虎」（毛沢東語）から、いま現在の戦狼外交まで、いずれも過去に沢山経験したことにより、深く傷付いた中国人の被害者意識の跳ね返りである。平和を保つには、妥協するのではなく、闘争心が溢れる戦狼のように強くならなければならないと DNA に刻まれている。ただ、過去に経験した様々な出来事にいくら悔しさがあっても誰も関心を示さない。逆に、その悔しさからの反動である怒りが爆発したときに、皆から批判を受けてしまうことは、個人に限らず国も同じである。

孔子の「儒教」の教えが長い歳月をかけて中国社会に一種のルールのような平和的な政治理念や社会秩序をもたらし、倫理観の基本にもなった。当時中国は世界各国から尊敬されていたにも関わらず、ルールを講じない蛮行に対し無力であった。ルールを守って行動することは単に考えが甘いということにしかならず、むしろ国家を弱めてしまった原因であると認識されていた。日本は唐と宋の時代の影響を強く受け、その後のモンゴル人が統治する元の時代の影響をうけてない。元時代の中国に渡った日本人は生きて帰れる人がいなかったためだ。そのため、日本は、唐と宋の時代に推奨された儒教にいまだに敬意を払い、しつけとして守り続けてきた。よいか悪いかは別として、やはり、経験した歴史が今日の姿を決定している。

モンゴル人が漢民族を大量虐殺したのは漢民族に対し純粋に恨みをもったわけではない。むしろ、漢民族が作り上げた中原文化に対し、モンゴル人は憧れを持っていた。実際、モンゴル人が元朝を建てた後、大量に作られた染付け磁器の表面の絵には中国春秋時代から唐朝までの人物や物語などが好んで描かれている。それらの染付け磁器は、モンゴル人が住む家であるゲルに置かれて、日常的に目に触れながら使われていた。漢民族が作り上げた中国中原文化を愛していたのも、滅ぼしたのも、同じく当時のチンギス・カン（Genghis Khan、1162～1227年）およびその子孫たちが率いるモンゴル人たちであった。

知識人の良識により、ルールに固執すると、社会の発展や諸問題への対応などがうまく運べなくなることはよくある。とはいえ、暴力を頼りにするヤクザや匪賊などのように、ルールを無視すると社会が混乱に陥る。つまり、ルールとはルールを守る人のために作られたものであって、場合によっては自分がルールに縛られることはない。ルールを講じるか講じないかは、相手と状況次第で変わる。自分では知識人や専門家でも顔負けの法律知識や社会常識を持つと同時に、ヤクザや匪賊でも顔負けのルール無視、暴力、恫喝などの能力を備える。それこそが社会を統治し、様々な勢力と向き合い、様々な問題点に対処して国を発展させるもっとも有効な方法だと考えるのは、中国が苦難の歴史から得た教訓であり、経験である。不適切な例えかもしれないが、真剣に戦いながら笑顔を見せることもある、次に何の技を繰り出すか分からない、ルールなしの格闘技こそが最強の格闘技であるのと同じことである。

小説『西遊記』に、このようなことばがある。「世の中、かならず一つの物は別の一つの物によって押さえ沈められる」。分かり易くいうと、「私はこのような人には弱い」というのはその一例である。つまり、自分を活かしてくれるひともいれば、自分を抑えてくれるひともいることである。相性の問題ではあるが、奥には哲学の原理が潜んでいる。その哲学とは、中国古典「陰陽五行説」のことであり、なにがなにを活かすか、なにがなにを抑えるかを説明する理論である。一つの物がすべての物を押さえ込めるようなヒーローは存在せず、ある物を押さえ込めることができると同時に、別の物に押さえ込められてしまうことがある。これは、物の生まれつきの特性の問題だ。ひとつの特性しか持たない物では、限られた物しか押さえ込めることができないし、逆に自分がある物によって取り押さえられ込められてしまう可能性さえある。現代の科学技術的なエビデンスベースド(Evidence based)という考え方では、人類が生物としての限界(物理的な感触や認知など)や自己都合のいい認識などにより、限られたエビデンスしか理解できてない、できたとしても判断がエビデンスを捕獲した後になるので、タイムラグが発生し、事後諸葛亮になりかねない。予測が外れたりするのは、エビデンスを把握するのが遅かったことと一部に過ぎないことのためである。実際には、目に見える「陽」は物事を構成するごくわずかな一部にすぎず、目に見えないまた人間という生物が理解できない「陰」も存在しているので、

「陽」に劣らずもの事に影響を及ぼしている。その「陰」が特定のタイミングで特定のエビデンスを決めている。よく「目が見えなくなったからこそ物事を『見える』ようになる」というが、実際に証明されていたことである。ある実験では、本当に失明して目が見えなくなった人（前者と呼ぶ）と、目に何かをかぶり見えないようにする人（後者と呼ぶ）の二組にわけ、数十メートル先に障害物を置き、一人ずつ歩かせて、障害物に当たるかどうかの試験が行われた。後者はいずれも障害物に当たってしまったのに対し、前者は障害物を前にぴたっと止まった。やはり前者は本当に目が見えなくなったことで、なにかしらの潜在的能力が生まれ、障害物の情報である「陰」を確実に読み取れたのである。もちろん、どのように読み取れたかの説明は現時点では人類が持っている知見の限界を超えているので、眠っていた潜在的な能力が蘇ったと言いようはない。日本では有名な『座頭市』という映画には、座頭市という人物の目が見えないためか、視覚以外の四感は逆に非常に鋭く、勘だけで並みの人間より遥かに器用なことを行うことができると描いている。

「陰」を読み取るため、目が見えなくなるまでする人はいないが、代わりに、「人事を尽くして天命を待つ」ということを託した人は少なくない。人類が自分たちの限られた「認知と知恵」に気づくことがなく、人工的に作られてきた多くのもの（例えば、ガソリン自動車、核武器、プラスチック、mRNA 型ワクチンなど）は、時間とともに裏目が出ていたことに目を瞑っている。いずれも数年または数十年後にそのツケが回してくることに対応が追われている。地球温暖化やワクチンを打つことにより思わぬ結果となったなど、いずれも人間が科学技術を過信し、偏った認知と目先に金儲けさえできればよいという自己都合のいい発想がもたらした結果である。本当のことは人間が理解していない。理解したと認識したとしても自己都合にとっていいことに過ぎず、都合の悪いことが排除されてしまう。人類の知恵を否定しているわけではなく、あくまでも人類の知恵には短絡的で限界があることを指摘している。もちろん、物事の裏を取らないと表立てのことに惑わされることが多く、判断ミスが起きてしまうことは分っているので、政権や組織などを運営する際、表に出てこない情報機関の役割を非常に重要視していることは周知のとおりである。それでも失敗が多い。

社会に目を向けると、現実に存在している様々な勢力と向き合うには、ひとつの特性を持つだけでは不十分で、複数の特性を持ち合わせないと、とても戦えない場面がかならず出てくる。難しい解説は省略するが、乱暴な言い方をすると、しつこく屁理屈な知識人と論争したらきりがないし、法律も役に立たない時があり、時間もかかる。消耗戦にしかならないので、恫喝や暴力を持って押さえ込むことが有効になる。逆に、ヤクザや匪賊など暴力的な人に対しては知識を持って押さえ込める。諺の「兵が攻めてくれば将で防ぎ、大水が出れば土でふさぐ」のとおりである。実際の社会には様々な人がいるから、ルールを用いるだけでは対処しきれない。いわゆる森が深まれば深まるほど、宿る鳥の種類も様々で多くなる。鳥に食われるようでは話にならないのである。

このやり方は、国内だけでなく、国際問題にも適用する。例えば、民主国家の日本やオーストラリアなどの国々と揉め事があるときの対応。ルールを講じて行動することは民主国家の知識人のよいことであると同時に、知識人特有の弱みでもあると考えるので、中国の対応が強硬に出ることが多い。民主国家の政治は経済界の意見抜きに成り立たないと見抜き、選挙で選ばれた民主国家の政権といくら争っても、得することがあっても損することはなく、遠慮する必要性はないと考えられている。ルールを守る民主国家を困らせる行動を繰り返して行うことは、相手のメカニズムや応対能力のストレステストになり、自分たちがなにかひどい目に遭わされる事はない、と読みきっている。

一方、１８６０年に中国北方のウラジオストクを含め約４０万平方キロメートルにも及ぶ中国領がロシア帝国に奪われた。もちろん奪われたのはこれだけではないが、明らかに強奪行為であるため、１９１７年１１月にロシア革命が勝利した後、指導者のレーニンがこれらの領土を中国に返すと明言した。しかし、その後、その失われた自国領を返してくれとロシアに強く求めたことはないが、友好的なムードになるのを待って交渉に出るしかない。なぜなら、理由の一つは、ロシアがルールを守らないどころか、起こした行動は予想がつかず、ロシアの逆隣に触れると、なにが起きるか分からず、やられてしまうのではとの恐怖感があって交渉に出られなかったからである。今回のウクライナ侵攻をみてわかるように、ロシアは自分達の論理とルールで、世界主要国の意見を聞かず果敢に行動してしまうのである。なにが起きるかわからないから、こちらがどれだけの傷を負わされるか計算できないから怖い、と感じたのは中国だけではなく、ヨーロッパ全体もそうである。そのためにＮＡＴＯというロシアを念頭に作られた組織が存在している。日本は北方領土をロシアから返してくれるのではと期待したが、よほどのことがない限り、ロシアに翻弄されるだけに終わってしまうだろう。プーチンがこう言う。「ロシアの領土は広い。しかし、余った土地は寸土もない」

つまり、多くの「国際秩序」も「ルール」も強い国が定めたものであって、中には合理性がないものでありながらも弱い国が従う以外に選択肢はない。過去数百年の歴史が例外なくそのことを証明した。かつて毛沢東はこう言い放った。「わが中国では既存の帝国主義者が定めた都合のいい国際ルールを守ることはしない。わが中国は世界に新たなルールをもたらすのである」。過去数百年間において中国が列強に散々いじめられ、屈辱を味わってきた歴史を考えると、毛沢東の言うことは無理ではない。日本だって国際秩序を守ると声高に叫んでいるが、１９４５年に策定された《ポツダム協定》によれば、中国もロシアも米国と同様に日本に軍隊を駐在させることができ、どこに駐在できるかも国際法で定められている。そのような「国際秩序」や「国際ルール」を日本が守り切る必要性はあるのだろうか。自己都合のいいことばかりを言うのは明らかに通用しない。

中国の民間には、このような言葉がある。「ヤクザ・匪賊は怖くない。怖いのは知識人の一面を兼ね備えるヤクザ・匪賊だ」

近年、米国がいまの中国を戦略的な競合相手と位置づけ、脅威と指定し、排除に躍起になる背景には、そのような認識があったのではないだろうか。トランプ元大統領が現われるまでは、知識人の常識的な見地から、知識人は知識人、ヤクザ・匪賊はヤクザ・匪賊と、交渉相手の見方を先入観で決め付けていたが、水と油が混ざり合うように知識人とヤクザ・匪賊との両面性を備え得ることは想像もしなかっただろう。やはり似た者どうしだから相手を読める。

中国は、このような数千年にものぼる歴史の淵源を辿れるやり方こそ、複雑な社会に存在している様々な勢力と向き合いながら社会を発展させ、欧米諸国を追い越して世界のトップに立てるもっとも効率的な方法と信じている。高々二百数十年しか経てない欧米諸国の統治方法の後塵を拝しても良いと思わないかぎりでは、このやり方を変えることはないだろう。

むしろ、民主国家の場合、様々なルールに縛られていることによる制度的な弱みと限界があり、政権も短期であるため、かつてないほどの対処不能な問題が起きるのはもはや時間の問題だとみられている。例えば、認識不足による政策ミスや人種差別、異なる利益集団の衝突、戦争、自由がもたらす経済危機など、民主国家が乗り越えられそうにない困難な状態に直面するときはかならずやってくる。そうなってくると、かならず世界に地位があり実力がある国と手を組んでいかないと、とても対処できない場面が出てくる。協力を得るため、お互いよい関係を保てないと相手国から相手にされなくなるリスクがあるため、相手のこともある程度受け入れるしかない。政治家のなによりの素質は世界各国の政界に顔が効くことであり、敵をできるだけ少なくし、友人をたくさん作るのが政治家の基本である。そういう意味では、国際社会において、歴史で形成されている異なる文化や伝統を持つ国々とどのように仲良くして一緒にやっていくかが政治家に課せられた課題である。残念ながらそのような政治家はアメリカであってもそう多くはいない。有権者の一票が入れ間違ったかもしれないが、そのような素質が欠ける政治家で構成される政権が何度も各国を失望させ、ミスを繰り返すことにより、国が一度沈むのはもはや時間の問題だと思われる。

このようなエピソードがある。２０１３年ノーベル経済学受賞者ロバート・シラーに「中国経済における最大なリスクは何だと思われていますか？」と問い質したところ、氏はこう答えた。「中国経済における最大なリスクは中国経済が衰退、不況、危機などを経験したことがない。いままであまりにも順調だったので、危機的な状況が訪れるとき、正しく判断、対処できるかが問題となるだろう」。キッシンジャー氏（Henry Alfred Kissinger、1923～2023）が北京へ訪問した際、泊まるホテルから外へ散歩に出かけたところ、路上でうろうろしている北京のお爺さんに「アメリカという国における最大なリスクは何だと思われていますか？」と聞いた。すると、やることのないお爺さんがこう答えた。「アメリカにおける最大なリスクはアメリカの歴史が短かったので、分裂、植民地などを経験したことがない。いままであまりにも順調だったので、危機的な状況が訪れるとき、正しく判断、対処できるかが問題となるだろう」。ノーベル賞受賞者であろうとうろうろしているお爺さんであれ、考え方のロジックは妙に一致している。俗で言う「どんな花でも咲き続けることはない」のように、嘗ていくら繁栄が極め、盛んだとしても、思わぬ情勢の変化により、凋落の時期が必ずやってくる。国だけでなく、企業も個人もそうである。

また、いくら同盟関係を結んで対抗しようとしても、それぞれの国や団体の自分達の利害関係から協調を長く保つことは困難で、どこかのタイミングで同盟関係に亀裂が起きてもおかしくない。春秋戦国時代の「合従連衡」では、秦の攻撃を恐れた韓、魏、趙、斉、楚、燕の六カ国が相互に同盟を結び、協力して秦の圧力を防ごうと企んだ。しかしそれぞれの国にはそれぞれの事情や思惑があり、二千数百年後に叫ばれる「America First（アメリカ第一主義）」と同じように自国の利益を犠牲にしてまで同盟国を優先にすることはないので、六カ国同盟が思いどおりに機能せず、結局参加した同盟国各国がすべて秦によって亡ぼされた。この歴史を考証した唐時代の詩人である杜牧（803～852年）は、自分が書いたあの有名な『阿房宮賦』にこう指摘した。「嗚呼、六国を滅ぼす者は六国也。秦に非なる也」。つまり、六国が構造的に歩調を合わせることができずにいたことが、滅ぼされてしまった原因であり、秦国に原因があったのではないと言ったのである。やはり、局所最適では全体最適に導けないことを歴史が証明したのである。

国の成功は科学技術の成功やビジネスの成功などと似た側面がある。まず大胆不敵な発想をすること。つまり、従来の考え方に縛られず、このようなことが実現できれば新しい景色が見えるのだというような構想もしくは野望を持つことが大事である。そして、その構想を自分たちがおかれている現実に合わせ、実現していく道筋を立てる。つまり、構想と自国の現実に合うことが重要で、既存のルールなどは二の次と考える。既存のルールはあくまでも過去の状況下での出来事に対する人間が考えた合意事項であって、状況が変わった今現在も、過去のルールを用い、これからやろうとしていることに対し適用させるのはバカバカしいか、一部の人たちまたは国々が自分の利権を守りたいためであると言えなくもない。

このような認識から、専制国家は民主国家のように一々民衆に透明性のある説明をせず、ルールに捉われることがなく、臨機応変に物事をスピーディに推進できるのである。つまり、相手と対等になるには早く高いところにたどり着くことが必要で、でないと、見下げられ、略奪や搾取される運命から脱出できない。2023年4月に、アメリカ元大統領クリントン氏がインタビューを受けたとき、在任中に中国をWTO（世界貿易機関）に加盟させたことを後悔したと語った。しかし、中国から見れば、WTOに加盟した当初、自国の多くの財産が略奪、搾取されたと考えている。もちろん、世界中で自国が略奪や搾取されたことは一部の政治家を除けばほとんどの人が知らないのである。そのような国の多数の人々は自分が売られたことに気づかず、いくらになったかむしろお金を数えてあげていることに喜びさえ感じた。

ルールにぶつかったときに、ルールを修正するかまたは自分の軌道を修正するか、どちらを選ぶかを慎重に考えたうえで先に進む。肝心なのは、ルールを守りきることではなく、構想または「夢」を実現することである。目標を達成すれば、いくらでも追随者が付いて来るし、ルール違反だと叫ぶ人も次第にいなくなる。そして、強者にどんなに悪いところがあってもすばらしいと解釈され、真似されることになる。もちろん、歴史に限らず、いまの米国も自ら身を持ってこのようなことを世界に証明したのである。また、革新的な科学技術の成功も革命的なビジネスの成功も、いずれもルール破りで成し遂げられたものである。もちろん、ルールは必要、しかしルールを守るマニュアル人間だけでは世界は進歩しないのである。

専制国家の論理では、世界の舞台で、脇役に甘んずることなく主役としてプレーするなら、相手が用意したルールに従うのは面白くないと考える。また、ルールを講じることも自分の行動を相手に晒すことになりかねるので、兵法上堅く禁じられる自殺行為である。車の運転と同じように、前に走っている車を追い越すため、曲がり角などをチャンスと捉え、ルール違反であってもアクセルをいっぱい踏んでハンドルを操作してしまう。ルールを守って、「追い越すよ」と相手に知らせたら追い越せなくなる。もちろん、追い越された車からあげた悲鳴を聞く人はいないし、追い越した車のほうがすごいと称賛されることになる。また、民主国家の政権と違い、民衆があるから政権があるのではなく、政権があるから民衆があると考えられているので、民衆が心のなかに救世主を求めている以上、だれかがその役割を果たさなければならないと考える。皮肉にも、この論理を用いることで、戦争から経済発展まで様々な難局に挑み、次から次へと失敗しながらも成功を成し遂げたことで、この論理への自信は一層深まる結果となった。紙上に兵を談ずることに長じている欧米諸国の政治家や専門家たちにとっては理解し難い。豊かになるにつれ自由と民主を求めるようになるということが、単なる自分たちの机上の空論にすぎないということにやっと気付いた。

特に、民主と自由、かつ豊かさの象徴であるアメリカンスタイルに世界中の多くの人々特に社会経験の浅い若者が憧れていた。アメリカのエリートたちはつい民主と自由を追求した結果と宣伝に使うようになり、豊かさと民主と自由とリンクさせ、体制的に自分たちと異なる国家を排除し、民主制度を他国の実情に合うかどうか関係なく、どんな手でも使って導入させることに拘った。他国が民主国家になってくると、コントロールしやすいため、アメリカが持つ金融システムで他国から利益を得ることができるという目的が裏に隠されている。

他国が技術的にアメリカの上へ行くことになれば、アメリカとって自分たちの優位性を脅かす存在と見なされ、放置することができず、あらゆる手段を講じて阻止することに出てくるだろう。よい言い方をすれば、個々の国の民主制度や公正公平などを守ろうとするが、悪い言い方をすれば、個々の国を自分たちのコントロール下に置くことである。例として、かつて日本が独自に研究開発を進めたOS(Operation System)であるトロンを放棄に追い込んだことや、中国に対し、先端技術の研究開発をやめるようと迫ったことなどである。半導体分野において中国を封じ込めるための厳しい措置を講じたのはその表れである。5G通信において世界中もっとも多くの特許を取得した(2020年当時)中国の通信メーカであるファーウェイに対し、トランプ元大統領がそれらの特許を全部無効にするとまで言い出した。

アメリカの、それらのことができる自信は、群を抜いた情報収集能力と情報操縦能力、軍事力、世界中に点在する軍事施設があることなどから由来する。その自信からアメリカのルールを生み出した。そして世界中の国々に順守させせようと要求したのである。

これらのことを、中国はわかっていて、対策を着々と進めている。例えば、金融分野ではドル決済を避け、人民元シェアを拡大する試みや、軍事と科学技術分野では先端技術の開発を奨励すること、社会面では民主化に対し極端に警戒心を持ち、すかさず取り締まりに行動することなどである。戦略的には、毛沢東が1938年に『持久戦を論ず』に論じた三段階戦法のとおりである。鄧小平時代に提唱した「韜光養晦」は第一段階で、自分の実力を隠し、やられないように「防御」という姿勢に徹し実力を蓄えること。第二段階では相手の弱みを突っ込み、相手を弱体化させる「対峙」に徹すること。最後に「反撃」に出て相手を圧倒すること。要領としては自分のやることは自分の実力範囲以内に収め、挑発に乗らず感情的な判断をしないことであろう。

アメリカのやり方には大きなリスクが伴う。もともと平等公正公平などをベースとする民主と自由の理念からいつの間に逸脱し、相手を抑え込むためには、情報操縦や制裁、挑発、恫喝、名誉毀損、スパイ活動、軍事行動など、あらゆる手段を使うようになる。それでも相手を封じ込めなかった場合は、アメリカの威信低下が避けられそうにないし、アメリカの国家モデルの再構築が迫られることになる。それは中国がかつて経験した外来民族の統治に相当するようなもので、決して容認できることではない。そのうえ、かなりの代償が支払われることになる。逆に、自国独自な歴史や文化、伝統などを重んじ、経済発展に成功した中国は過去に経験した苦い歴史が血に刻まれていたことと、他国が如何にアメリカに略奪されているかを目の当たりにしたので、安易に妥協することはない。筆者の意見でなくても、少なくも中国はそのように認識していることと思われる。かつて旧ソ連の崩壊を招いた張本人であるゴルバチョフ（Mikhail Sergeevich Gorbachev、1931～2022 年）は、晩年あるインタビューで中国に対しアドバイスを求められたときにこう言った。「どんな時にでも民主化に対し希望を持つな。あれは幻想にすぎない」。旧ソ連は民主化により結局国が分解され、財産が略奪されるなどの苦い経験からそのように認識していたし、アメリカの同盟国もそのように認識してないとの保証はない。しかし多くの国がいまだに独自に国を発展させる道をまだ探る状況にあるか、探し出したが修正に余儀なくさせられたにあるかのどちらかである。医療に例えると、自分の体質に合って治療は許されない、もしくは格闘技に例えると、自分はボクシングを得意とするので、相手と戦うには相手にもボクシングルールを要求する。もし相手が自分の得意技であるMMAやグランド戦などのルールで戦いにくると、自分の勝算が薄くなることと相手をコントロールすることができなくなるため、相手のルールに問題があると攻撃し、相手がルール違反だと取り締まりに走る。

あくまでも問題提起であって、民主体制を否定するという意図はまったくない。民主国家が自分達の社会システムに陶酔し、自分達が策定したルールという基準で専制国家のやることなすことの矛盾点や問題点などを批判するだけでは問題解決にはならないことを指摘したい。特に、専制国家のそのような考え方や、やり方のほとんどは歴史に由来している。民主国家の媒体が好んで専制体制政権を貶めることは、一種のプロパガンダであると同時に、ただの自己満足にしかならず、一種の覚せい剤で得られた非現実的な自己麻酔と同じことと言えよう。しかし、そのようなことが続くと、遅かれ早かれ世界中の国々が目を覚ますのは、もはや時間の問題であろう。すでに世界中の多くの国々が米国主導の国際秩序に不満を持っている。米国が勝手に定めた基準により制裁を受けても、自国の実力から対抗できないため、苦しめられているのが現状である。しかし、中国の台頭により、米国に対抗できるだけの力を持ち始めると、情勢は変わりつつある。少なくとも世界各国からみれば米国以外に第二の選択肢が現れ、長年受けた苦しみから脱出できる兆しが見えてきた。もちろん、米中対立の本質はそこにある。

いまの「国際秩序」または「ルール」もその由来の歴史を辿ると、大半は強権や暴力、略奪などによって確立されてきたものであって、それをもって他の国々に順守させようとするのは、一部すでに支配下に置かれている国々を除き、歴史と文化などが異なる主権国家からの反発を受けることになるだろう。例えば、十九世紀に起きた「アヘン戦争」はその一例である。あの時、人権尊重や民主と自由など言わなかった。時代は変わったが、しかし人と人の考え方はちっとも変わらない。時代の変化に合わせ、やり方だけが変わり、本質はなにも変わらない。

過去の中国には孔子の教えが唐や宋の時代の社会システムに取り入れられ、社会を大きく発展させた歴史があった。しかし、その唐朝や宋朝の中国は、自分たちこそが優れた体制を持ったと陶酔し、周りの国々を見下しているうちに、いつの間に生じていた変化に気付けず、改革を怠けたため、自国が滅ぼされてしまった。

それぞれの国にはその国独自な歴史や文化、伝統、教訓などがある。自国に合った道を選んで進むのか、他国が推奨する道を選んで進むのか、「削足適履」（出典：『淮南子・説林』）という言葉がすでに示してある（「履物に合わせて足を削る」愚を説く）。

オバマ元大統領は著書『約束の地大統領回顧録』という本で、「いまのアメリカの体制では中国と競争して張り合うことは困難である」と危機感を露わにした。

## 八十一　自由とは

アメリカ人と中国人はどちらの国に自由があるかを争っている。

アメリカ人は、こういう。「わが国では、私がホワイトハウスに入り、トランプ大統領に対し、机を叩き、こういう。『大統領、私はトランプ氏が大統領であることは不適切だと思っている』。」

すぐさま、中国人はこう応酬した。「そんなことは私もできる。私は、中南海（中国共産党中枢機関所在地）に入り、習近平国家主席に対し、机を叩き、『習主席、私はトランプ氏が大統領であることは不適切だと思っている』。」

このユーモア溢れる話は、かつてレーガン元大統領が誇らしく旧ソ連向けに語ったものである。いまの中国は当時の旧ソ連と同じく自由に政府批判的な意見を言える環境にはない。しかし、だからと言って豊かになれないということではない。

欧米諸国は、欧米社会に人々が自由に意見を言える民主と自由があったからこそ、社会の発展につながり、そして豊かになったと考える。しかし、中国は自分なりの独特なやり方（「中国特色」と称している）で民主と自由社会が経済を発展させる唯一の道ではないことを見事に証明した。

中国には様々な問題点（人権問題など）があることが国際社会から指摘されている。しかし、これらの指摘はどちらかと言うと欧米中心の価値観に基づいた判断であり、歴史や文化など状況が異なる中国にそのまま当てはめるのは難しい、と中国は考える。欧米諸国が想像もしなかった目覚しい発展を成し遂げている中国の成功は欧米の指摘に耳を傾けて実現したわけではなく、自分たちの状況判断で自国の歴史や文化に合った最適と思われるやり方でやり遂げてきたと自負している。そして、中国は、豊かになれる発展こそが、周りから尊敬され、生き残るための最強の価値観と認識し、民衆にとって最善たることであると考える。第三者からなにを言われようがそれは第三者の自己都合の利己的な雑音にしか聞こえない。

社会や経済などを発展させていくには、様々な問題点が絡み合う。自由と民主があることは民衆にとってよいことではあるが、しかしそれに伴う義務と責任も同時に負わされることになる。多くの民衆は、自由と民主を手に入れても自力で生計を立てることは困難で、むしろ強いリーダーシップのある方に付いていくか、何らかの団体に入って宗教的に近い発想で助けを求めるか、と望む人は実に多い。それらの人々にとって、民主と自由よりは明日パンを食えるかどうかのほうがより重要である。かつてアダム・スミス（Adam

Smith、1723～1790年）が指摘した「見えざる手」原理だけでは経済が回らなくなることがあるので、時には経済の自由を犠牲にする政府による介入も必要であろうとケインズが論じた。同じように、社会を発展させていくには、専門知識を持った専門家の聞こえのいい話だけでは済まず、社会を安定させることを念頭にした経済政策を講じる必要性はある。そのため、社会が混乱するなど不測の事態に陥らないように深く注意を払い、打てる対策の選択肢の幅をあらかじめ確保しておくことが必要である。そうなると、民主と自由、人権などのことはある程度の犠牲に強いられてもやむをえない。

欧米諸国は民選体制なので、環境（住む環境や価値観などの人文環境等）を守りながら、民衆からの意見や問題点を取り入れつつ社会を発展させていくという段階的なやり方だ。それに対し、中国は、とにかくなんらかの価値観やルールを執拗に守るより発展を最優先する蛙飛び方式を選択した。鄧小平の「白猫も黒猫もネズミを捕まえる猫はよい猫だ」という考え方がその典型で、毛沢東から学んだことでもある。そして、DNAのようにいまの中国共産党指導部に引継がれている。また、中国は国力を増強し、民衆により豊かになれる希望を与えれば、民衆が求める民主や自由、人権などの問題点を抑えられると考えている。実際はどうだろうか。

まずは、幸福度合いとは絶対的なものではなく、参照物である他人（外国を含め）との比較によりもたされる相対的なものである。安いシューズを履いている人が幸せを感じないのは、周りのみんながブランド品のシューズを履いているからである。しかし、周りにシューズさえ履けない人が沢山いると、自分が安いシューズでも幸せだと感じてしまう。もちろん、シューズを履けない貧乏人でも幸せを感じるときがある。戦争などで足をなくした人が周りにいるときである。もちろん、個人としてなにかの生き甲斐を持たないと生きていく自信がなくなるので、とにかくうそでもいいから、そのような自分にとって都合のいい情報を受け入れて生き甲斐にする。

例えば、いまから十数年か二十年前に、日本のある雑誌社が刊行した雑誌の売れ行きがよくなく、経営危機に陥った。たまたまある記者が書いた「中国崩壊寸前」を載せた記事のお陰で、雑誌が飛ぶように売れた。これをみた編集長が中国に関する意地悪記事を次から次へと雑誌に載せて出し、何と雑誌社を倒産寸前から救った。しかし、二十数年経ったいま、中国が崩壊するどころか、むしろ予想に反し、ますます成長を遂げ世界第二の経済大国になった。他人または他国への良い評判より悪口を聞きたがり、嫉妬心から生まれた妄想で他者を貶めることで自己を満足させ、自分の生き甲斐にしている人は実に多い。他人または他国を貶めて自己満足するような人たちは社会地位の低い階層ほど多い。自分が日常的に受けていた立場から由来するストレスの解消や、他人が自分より問題点が多いと聞くと生きていく自信にもつながるなどが原因であろう。企業の社長や役員クラスなどある程度社会地位のある方になると、考え方が変わる。自分の好き嫌いよりも社員の給料をどう支払うか、会社の価値をどう高めるかなどを考えるようになり、相手のことをビジネスチャンスと捉え、相手が良くなれば自分たちもよくなると考え、相手のことを嫌がる理由もないし暇もない。つまり、立場によって、人間は本当のことを聞きたいのではなく、自分にとって都合のいいことを聞きたいようにできている。それは、人間が生きていくための本能である。

テレビや新聞紙、雑誌などはそのような大衆の心理をよく掴んで、自分たちのビジネスに活用している。中国では報道は政府系のみで、何度もその報道に翻弄された中国人は経験を積んできたので、少し賢くなった。政府系の報道については彼らの立場があると理解を示しながらも、自分にかかわることについて別途自分が真相を追究しないと損をしてしまうため、自ら情報を収集しようとしているのである。逆に日本のほうが「報道の自由」との言葉に惑わされやすく、あまり自ら真相を追究せず、テレビや新聞紙、雑誌などの報道を丸呑みにし、フェイクニュースに気づけず、時間が経つといくつかの先入観が出来上がってしまう可能性がある。トランプ元大統領が数々の米国メディアに「フェイクニュース」を散布していることを激しく批判したことが記憶に新しい。「フェイクニュース」を散布し、自分たちに有利な状況を作り出すことは故今東西問わず、共通している。

　次に、大半の人は生活水準の改善や向上に頑張っているため、置かれている環境に対し環境を変えるというよりは環境に適応するという人間の本能が働く。例えば、言論自由のない環境では言論自由を生き甲斐にしている人にとって苦痛の極みことであるが、しかしもっと多くの人々はむしろその言論自由のない環境に慣れてしまい、そのような環境の中でどう生きていくのか、知恵を心得ている。そもそも欧米諸国のような「言論自由」は多くの人々にとって政治家同士が支持率を獲得するための争いであって、近隣同士が喧嘩しているようなものに映り、どちらが正しいかどちらが正しくないかを限られた情報で判断しにくく、自分が言論自由でいくら文句を言っても自分のストレス発散程度にはなるが、他人までに影響をほとんど及ぼさず、問題解決にはならない。言論自由で自分の言うことが聞いてくれると思っていても、決してそんなことはなく、ある日本の大物政治家が言うように、「支持率は落ちていてもいずれまた上がる」と向きしないことを漏らした。大半の人々は、生活が日々そこそこよくなれば、いままで慣れた環境が変わる事を逆に不安に思ってしまう。大抵の場合、言論自由が失われた反面、大抵得している部分もある。獅子に対し、いくら海は自由に泳いでいいところだよと持ち掛けても、草原での生活に慣れている獅子は追い詰められないかぎり海に跳ぶことはない。もちろん、「言論自由」が提唱され始めた頃とは様相が違う。政治家に利用されて時間とともに変質してきたのか、幻想破滅により生命の本質に近づいてきたのかはわからないが、少なくとも当初にあった「言論自由」への信仰は薄れていた。少なくとも利益追求を至上の目標としている現状では、ハンガリー人詩人ペテーフィ・シャーンドル（Petőfi Sándor、1823～1849年）の言葉「Life is dear, love is dearer. Both can be given up for freedom」（命は大切、愛はもっと大切。でも自由のためなら、どちらもあきらめる）に共感する人が少なくなった。

例えば、医者と言う職業に何の悩みがあるかと聞かれた場合、大抵こう打ち明ける。患者の病気を治したら、患者から見れば医者が当然のことをしたに過ぎない。しかし、病気を治せなかった場合、医者が無能と判定されてしまい、怒りは医者に向くことになる。同じように、民主国家の政府は常に民衆の機嫌を伺い、個々の問題点をよく解決したとしても、当然の事をしたとしか受け止められず、あまり感謝されることはない。むしろ、ちょっとしたことで、民衆からひどい批判を受けることは常にある。逆に、専制国家の場合、民衆の意見よりも政府の意見が優先されるので、民衆は常に様々な問題点を抱え、不満のある状態に置かれ、つい現実はこうだと受け止めることに慣れてしまう。すると、ひとつ何事かよくなれば、民衆が政府に感謝してしまうことになる。政府の力がないと、そうはよくならないと思ってしまう。そして、きっと明日も、あさってても今日よりよくなると信じて、希望感という幸せが生まれる。皮肉なことだが、中国に行く外国人からみると、テレビの報道と違って、問題だらけのはずだが、そうはみえず、むしろみんな明るくて幸せな表情が漂う。葡萄を食べると同じ原理で、よい葡萄を食べ慣れてしまうと、次に食べた葡萄が前のより悪ければ、不満を抱いてしまう。逆に、粒の小さいものから順番に食べていくと、良くなっていく気分になり、幸せと感じる。人間の私欲ではあるが、これを制御できるかは政治家の手腕にかかっている。

国力が強くなく、民衆の生活レベルが先進国との差が開いたままであれば、民主自由や人権などの問題点は先に取り組むべきではないかもしれない。かつての旧ソ連が崩壊した理由は、国としてなにをやるべきかの順番を間違えたことにあると認識されている。社会が貧しいまま、民主と自由を追求しても結果的に社会的な混乱を招くだけである。当初、「ペレストロイカ」を提唱し、西側諸国から熱狂的な支持を得た旧ソ連共産党はたちまち崩壊に追いこまれ、連邦が分裂したことは記憶に新しい。かつての威光もいまのロシアには残されておらず、国際影響力が低下し、追随国はいなくなってしまったという教訓がある。

中国は、欧米諸国が指摘した人権問題や言論自由などの問題点と社会経済を発展させることとは必ずしも矛盾することではないとみている。逆に西側が提唱している民主と自由が中国の土壌に合わず、むしろ西側に支配され、略奪される結果を生むと考える。ショッキングな主権問題にかかわるので、例は省略するが、米国をみた場合、当選者はいずれも富豪か利益集団の代理人かである。一部の議員たちは自分の地位を利用した金儲けという私利私欲のためのことが頻発する。最初はそうではなかったかもしれないが、しかし時間の洗練を浴びると共に色が剥落され、いつの間にかこのようになった。そのような国作りを目指したくないことから、どのように民主・自由と経済発展とのバランスを取りながらやっていくかについて、独自の道を歩むことになった。それは、人類社会においてまだ十分に研究、認識されていないことであり、参考となる手本もない。つまり、国家を統治し発展させていく壮大な実験を中国が実践していると言える。実験であるゆえ、一部の人々が制度的や政策的な犠牲になることは避けられず、そのため、民衆からの不満が噴出し暴動が起こることが常に伴うことを歴史は何度も証明している。また、民主と自由がすべてだと思っている人たちから、激しい批判を受けることはしばしばある。特に社会経験が浅く、民主と自由に対し憧れを持った若者に顕著である。

例えば、中国が取ったゼロコロナ政策。このゼロコロナ政策は、強制隔離やロックダウンなどの強制的な措置により、多くの民衆に様々な災難をもたしている。生活必需品が届かなくなることや、理不尽な PCR 検査、コロナだけを病気とみなしその他の病気を病気とみなさず治療を受けられなくなり死亡したケースまで出たなどに加え、多くの人々が外出制限をかけられたことにより職を失い、家賃やローンなどを支払えなくなることなどが起きた。そのため、多くの市民がこのゼロコロナ政策に暴動寸前に抵抗しているにも関わらず、政府はゼロコロナ政策を止めようとしない。背景には、政府指導部からみればそもそもコロナというウイルスは米国や英国などの国がかなり以前から研究をなされ、最近になって中国を標的に使った生物武器であり、2002年に起きた SARS と同じ性質なものであると認識している。それを対抗するため、民衆が「奴才」のようについてくることを求め、民衆に妥協する余地はない。いくら中国を攻撃したとしても、却って中国が世界に例をみないコロナ退治ができる「中国特色」成功モデルを作りたがっているということがある。もしそのような成功モデルが実現できれば、米英などの陰謀を打ち破ることだけでなく、自分たちがいままで散々国際社会から批判を受けて劣勢に立たされた社会システムの優位性を世界に証明することができるのである。また、国内においても政権の威信が一層高まり、政権の正当性に挑戦を受けずに保つことができると考える。民主国家のように、民衆の意見に左右されるようでは話にならない。世界に類を見ない成功モデルを作り上げるにはある程度の犠牲はやむを得ない。特に、共産党が政権を奪取する時に経験した困難や犠牲に比べると、いまの目の前に起きた困難は、大したことではないと考えられている。むしろ、指導部に異なる意見があることは目標達成の最大の障害である。そのように考えた背景は、やはり戦争時代に引きつられているリーダーシップの堅持がもっとも重要であるとの拘りがあったからであろう。かつて毛沢東が多数の反対意見を押し切り、自分の意見を貫くことで自分および組織の権威を樹立した。中国からみれば、戦争は終わったわけではない。過去には抗日戦争、内戦があったが、今は米国との武器を使ってない「戦争」が進行中である。そのような考え方はあらゆる分野に浸透されている。例えば、言論統制もそうである。コロナと同じように情報統制をしないと、情報氾濫している社会では却って大した害が広まらないことを認識されてない、など。

犠牲は成果の対価であり、犠牲を払わず、成果も得られないということも歴史が証明しているからである。毛沢東が革命勝利後の1959年6月に書いた『韶山に到る』という詩には、こう述べた。「為に、犠牲となりし。壮志、多く有りしが、敢へて、日月をして、新しき天に、換へ教む」。つまり、新しい理想社会を作り上げることは、そのための犠牲なしではなしえない。いつも民衆の機嫌を取りながら政権を運営している、選挙で選ばれた民主国家の政治家には良い国を作ろうという気概が感じられないのと対照的である。まさに、司馬遷が『史記』に書いた「燕雀安（いずく）んぞ鴻鵠の志を知らんや」の言葉どおりである。

ついでだが、中国では、毛沢東の後継ぎになった歴代の共産党指導者たちが自ら打ち出した国を統治し発展させるほぼすべての国家戦略は、毛沢東思想から由来している。例えば、「中国特色社会主義理論」vs「マルクス理論は中国の実際の状況に合わせることが必要」（毛沢東語）や「中華民族の偉大なる復興」vs「新しい中国を建設せよ」（毛沢東語）、「一帯一路」vs「三つの世界論」（毛沢東語）、「戦狼外交」vs「帝国主義とすべての反動勢力は皆張り子の虎である」（毛沢東語）、「揺ぎ無くゼロコロナ政策を堅持する」vs「プロレタリア文化大革命を最後までやり抜く」（毛沢東語）など、いずれも見掛け上だけの違いで内実は同じものだ。それだけ、毛沢東思想は今なお影響力を持ち続けていることの証明であると同時に、毛沢東を越える人物がいまの中国には存在していないし、今後数百年のうちにも現れることはないとみてほぼ間違いないであろう。なぜなら、多くの人々は「名言」を吐くことはできるが、しかし皆に納得してもらえるだけの実績の欠如や、やろうとしていることの動機付けが疑われている以上、偉大なる人物にはなれないからである。対し、毛沢東がいくら「大躍進」や「文化大革命」などの失政をして民衆に多大なる災難をもたらしたとしても、過去に広く知られた革命の動機や数えられないほど窮地に立たされた危機を乗り越えた実績などからすると、到底評価を覆すことができない。

毛沢東のことを暴君や残虐などというひともいるが、しかし、毛沢東が若いときに革命を起こし、数々の犠牲や裏切りなどをみてきたことを考えると、たとえ一緒に戦ってきた同志であっても常に強い不信感を抱くのはむしろ自然であろう。つまり、他人が違うことをやろうとすると、敏感に反応し、自分の理想とそぐわないため、打倒に躍起になる、という神経が過去にあった革命の残酷さから鍛えられてきたのである。また、自分が実現しようとする革命目標をどうやって達成するか、中国の歴史をよく研究しながら、組織を効率的かつ有効に運営する独特なシステムを作り上げた。毛沢東が魅力のある人格の持ちの主というひともいるが、中国共産党の歴史をみるとそうでもない。むしろ、最初は田舎から来た好奇心あふれる農村青年とみられ、話したことに耳を貸す人はいなかった。しかし、出来事が次から次へと毛沢東のいうことが正しいと革命同志たちが気づき、次第にその実力で共産党の最高指導者に登り詰めた。

そのため、数々の失政により国内が大きな混乱に陥り、国際社会から完全に孤立しても、政権が脅かされることはなく、むしろ安泰である。欧米諸国の多くの中国研究者たちが、中国政治や経済の表立った矛盾点や混乱などに着目しながら、中国に関する分析や予測などがたいてい外れているのは毛沢東思想によって構築された中国のシステムに対する理解不足と、欧米社会が用いられている基準でしか考えることができないからに他ならない。

いま現在、中国が国内外に限らず、推進しているほぼすべての政策に毛沢東思想が潜んでいるとみてほぼ間違いない。また今後、中国がなにかの課題に直面したとき、かならずと言っていいほど過去にあった毛沢東思想からヒントを得て、表立った言葉だけの違いで、中身は同じものの内容の政策が出されることになるだろう。宗教的に聞こえるかもしれないが、中国で、毛沢東思想を捨て始める時は、共産党政権崩壊の始まりである。

毛沢東の影響は中国国内だけに留まらない。１９６０年代に日本で起きた「東大安田講堂事件」では、毛沢東が語った「造反有理」という言葉は学生たちに大きな影響を与えた。また、２０１５年１１月２５日英国議会で政府予算への質問に立った英最大野党、労働党の「影の財務相」であるマクドネル議員が自ら自分のポケットから「毛沢東語録」という赤い小冊を取り出し、経済についての一節を読み上げたうえ、「調査なしでは発言権はなし」という毛沢東の言葉を引用し、与党・保守党のオズボーン財務相に「（財務相は）ここから学ぶべき」と皮肉った。もちろん、英国ならではのユーモア溢れたパフォーマンスではあるが、しかし、毛沢東思想の影響を受けたことは確かである。

専制体制から見れば、目先の問題点である人権問題や言論自由などは、山登りする際に遭遇する課題と同じように映る。足元をみると、解決しなければならない問題点は山登りの際の足を引っ張るゴミだらけのようなものに映り、これが気になって一々片付けようとするといつまで経っても山には高く登れない。しかも、これらの問題点の大半は民衆が自ら解決してくれるとみている。例えるなら、バケツなどの容器に入った沢山のカニと同じで、一匹のカニが容器から外へ脱出しようとするとかならず足を引っ張るカニがおり、結局どのカニも容器から出ることはない。そして、統治する側はひたすら山を登り詰め、高いところに到達すると、過去に指摘された足元のゴミ達の問題点はもう眼中から消え去り、目の前には見たことのないきれいな景色が広がり、まさに詩人杜甫（712～770年）が『望岳』に描いた「会（かなら）ず当（まさ）に絶頂を凌ぎ。一覧すべし衆山（しゅうざん）の小なるを」の理想図に辿りつけた気分になる。それこそ追い求めていた自由であり、多少犠牲を払っても大げさなことではない。

よく山谷があると言われているが、人偏をつけると、「仙」と「俗」になる。「俗」とは人が谷に位置する状態で、周りをみてもゴミだらけ、聞こえてくるのも文句ばかり、心境が狭く窮屈であるため、注目されることはなく尊敬されることもない。しかし、「仙」とは人が山を登り詰めた時の状態を表す。雲のうえにいる状態で、見えるものが素晴らし景色、聞こえてくるのも賛美の声、心境が広く悠々自在であるため、存在感が一目瞭然で皆から尊敬される。言い換えれば、いくら悩まされても、いくら争われても立場が変われば、問題点が自然と消えていくものである。つまり、問題解決最高の方法とは、自ら問題点を取り込んで問題点を解決しようとするのではなく、次元を変えて問題が問題とならなくなるようにすることである。

人間性の醜いところではあるが、いくら善良な人であっても、お金も地位もなければ、短所だけが目立つようにクローズアップされ、逆に、お金も地位もあれば、本当は悪者であっても長所だけが注目されることになる。

嘗て孟子は興味深い言葉を言い残した。「よりよい将来を実現するために使われるなら、民衆がいくら苦労をさせられても怨嗟はない。より安全で幸せに暮らすためなら、いくら人が殺されても怨恨はない」。つまり、苦労や残虐などが問題になるのではなく、信仰と信頼、追求が問題になるのである。資本主義社会の最も大きな問題点は、すべてお金を持って量ることであって、健全な社会の形成や意義ある人生の追求などを忘れかけている。人類の歴史上に、国や文化、宗教など問わず、自分が信仰するものを決めた以上、追求する目標に向いたとき、身体が持つ物理的な限界を超え、想像以上の力が発揮される事例は数多くある。それを精神力と言い、大きな成果を成し遂げるための原動力である。

指導部が民衆を率いる立場を利用し、私的な権力乱用や不正蓄財などが続くと、いずれ社会に様々な問題点が生じ、経済発展が行き詰まり、民衆がその矛盾に気づき、信仰が揺らぎ、指導部に対し信頼しなくなる。そして、反発する人や変化を求める人が増えてくると、政権交替のようなガス抜き的なこともしなければ、いたるところに溜まった不満不信感が数々の潺湲たる細流のように合流し、大きなエネルギーを持った怒涛となり、専制政権が作った「政権」という堤防をつぶしてしまう。そういう意味では、専制国家は常に大きな目標を設定し、民衆に希望と追求を与え続けることが必要になる。中国の場合、まず「立ち上がること」、次に「豊かになること」、そして「強くなること」など、政権が目標を掲げ、反対意見を排除し、国の運営を行う。次に、「尊厳と誇りを持つこと」「世界中から憧れる存在になる」というのが目標であろう。

民主国家では、政権指導部が、信頼を失うことはよくあるが、しかし、自由と民主への信仰を失うことは当面なさそうである。そのため、苦労をしても政権交替でなんとか我慢の限界を超えず耐え切ることができるかもしれないので、専制国家のように政権を転覆するような革命が起き難い。しかし、政権交替すればよくなるという希望はいずれ幻想となり、人気取りで選挙を勝ち抜いた人が政権を握り、経済や発展のことがわからない政権では豊かで強い国を作れそうにない。個人にとっては、民主と自由とは一種の麻酔薬であり、専制国家に対し優越感を抱き、はっきりはしないが何となく意見を自由に言えることによって自信が生まれ、貧乏な生活でも耐えて来た。つまり、いままでは民主と自由しか豊かさを作り出されないという麻酔効果が効いた。政権としては、民主と自由という信仰だけでは成り立たない。自力で社会を発展させることができなければ、虎視眈々の各国に食われ、分解される運命を辿る道しか残されない。さらに、各方面から政権に対する批判が多いため、専制国家のように一筋になり民衆に希望を与えることも困難で、結局各種の勢力とのバランスをいかにとるかに精力も資源も無駄に費やされてしまうことが多い。

二千年前、中国の春秋戦国時代に、秦という国が他の六カ国を征服し統一を成し遂げた。秦国が優れた価値観を持ったわけではなく、純粋に自分たちの野望を制度によって蓄えてきた力で実現したのである。しかし、時間が経つにつれ、その血まみれの征服行動に対し、異議を唱えるひとが次第にいなくなり、逆にその行動がいかにすばらしいかと評価されるようになった。同じ出来事でありながらも、過去の苦難はほとんど忘れ去られ、成し遂げたことだけが語り継がれるようになり、時間とともに評価が異なっていた。

勝者はどんなことをやっても正しいと、歴史が繰り返しそのように証明する。ビスマルク(Otto von Bismarck,1815～1898)は言った。「真理が大砲の射程範囲にある」と。言葉のとおりである。

## 八十二　地図を売るタイミング

あるイギリス人が、ロンドンのオックスフォード通りの繁華街で車に接触して倒れた。しばらくしてからゆっくりと立ち上がったが、目が眩んでしまい、どこでどうなったのか、分からず、「私はいまどこにいるんだ」と周りの人にたずねた。

すると新聞の売り子が、「お客さん、これこそあなたがいま一番必要なものです。ロンドンの地図、たったの三十五ペンスさ」と、すかさず売り込んだ。

他人のニーズではないかもしれないが、他人が置かれている状況をみてものを売りつけることは、この子供にかぎらず、国家ビジネスでもよくみられる光景である。例えば、米中関係。

アメリカという国は軍事産業で成り立っているといっても過言ではない。そのため、敵というものがアメリカにとって必要である。かつては旧ソ連、いまは中国が絶好の標的にされる。敵がいれば、大義名分の民主と自由が脅かされ、安全保障に問題があると煽ることができ、そして枠組みを作り上げ(例えば、過去のNATOや現在のQUAD、AUKUSなど)、軍事装備を買わせることができる。一種の国家ビジネスモデルの構築である。

なににせよ、アメリカは借金の国であり、歴代政府にとって借金を減らすことが重要な課題であり、そのため、軍事装備を売るのは有力な財源の一つに違いない。

逆にいうと、中国は見事にアメリカのビジネスモデルに嵌められた。中国の戦狼外交が強硬に出て吠えれば吠えるほど、実はアメリカにとって好都合である。アメリカは次から次へと韓国や日本、台湾、オーストラリアなどの中国の周辺国や地区に軍事装備を売ることに成功した。しかもほとんどアメリカの言い値で買わされている。

不適切な例かもしれないが、国家安全保障問題はコンピュータにウイルスが侵入するのと似たような側面を持つ。ウイルス退治を業務とする企業は、全部ではないが一部のウイルスを自ら作りだし、自分たちのウイルス対策ソフトを買ってくれてないユーザにウイルス攻撃を行い、ユーザを困らせている。相手を困らせることで、自分のビジネスが順調に伸びるという一種のマーケティング手法といえばそうかもしれないが、このようなことを「ソリューション」と立派な名前を付けて、堂々と行われることは、もちろんコンピュータ業界だけに留まることではない。かつて、ハイエク氏が指摘したような「自作自演」である。危機を煽ることでビジネスチャンスを掴むというようなことはすでに世界中の各業界に蔓延している。国と国との競争関係は情報戦が大きなウエイトを占める。中国にとって致命的な問題点は、世界に向けた発信は仮に真実の情報であっても、国内での情報封鎖が連想されると、真実はうそに受け止められる。逆に、米国がうそを言っても、言論自由という旗がある限り、真実と受け止められる。少なくとも、民衆の大半はそう思っているので、もう十分である。二十一世紀初めごろに起きた「イラク戦争」はその例である。

中国は、かつての老子の教えを忘れかけているかもしれない。かつて老子はこういう。「大国は下流なり。天下の交、天下の牝なり。牝は常に静をもって牡に勝つ。静を以って下ることを為せばなり」。つまり、大国は常に謙虚でいるべきだと口説いた。謙虚さが大事であることはかつて毛沢東も重く認識している。あれほど成功を収めたにも関わらず、あらゆる場面で常にこう言った。「謙虚は人を進歩させ、傲慢は人を退歩させる」。中国革命が勝利し、北京に入る直前に、人民解放軍を率いる共産党員幹部たちに対し、毛沢東はこう呼びかけた。「皆、必ず引き続き謙虚・謹慎・誇らず・焦らずのスタイルを保つことと、必ず引き続き困難に耐え抜き奮闘精神を保つことを求める」。毛沢東は老子が言う「哀兵必勝(敵対する両軍が対峙するとき、悲しみ憤っているほうが勝利を勝ち取る)」をよく知っていたから、中国革命を勝利に導いたのであろう。より高い目標を手にするにはまず姿勢を低くすることが必要である。動物が高いところを狙って飛びつくにはまずしゃがみ込む姿勢を取らないとできない。他人より自分を低くしないと、他人のうえにはいけない。屈むことがなくひたすら上から上へ行くような姿勢で上を目指して登り詰めると確実にどっかで落ちてしまう。「謙虚」と「傲慢」とは一種の人間社会における物理原理のように機能している。個人も国家もこの社会的な物理原理から逃れることはない。己ができると思ったときはできないことの始まりであり、逆に己ができないと思ったときはできることの始まりである。また、見栄えのいいひとこそが大変で、大変ではないかと思われているひとが逆に無事にいられる、ということが多い。老子が指摘した「弱々しいものがかえって強いものに勝ち、柔らかなものがかえって剛のものに勝つ」ことや「正しい言葉は聞こえがよくなく、聞こえがよい言葉は正しくない」のとおりである。普通の常識とは逆のようにみえるが、実際には、物事が目に映ることと同じで、我々には人が立っていると見えたが、実際の物理原理ではその逆立が本来の姿である。そこには一般的な社会原理が隠されている。私はそのような見た目と真相が乖離している現象を「逆張現象」と称し、世界はこのような一種の「量子もつれ」で構成されているかもしれない。

ただし、多くの人がなかなか謙虚さを保てないことには理由がある。自分が謙虚でいると、周りから弱い人ではとみられがちになり、舐められてしまうことを恐れるからだ。国の場合、相手国のうまい汁を吸いながらも、相手国に対し裏で腹黒いことをするというような国が国際社会に多く存在している。そのような表と裏がある厚顔無恥な国に対し、つい我慢できなくなり、次第に態度が強硬に出るようになる。例えば、中国が推し進めた戦狼外交。表ではいつも怒っているように見えるこの戦狼外交だが、裏に返せばやはり相手国に長年舐められてきたことへの跳ね返りである。そのようなことについて、老子はこう読み解く。「大国は兼ねて人を畜(やしな)わんと欲するに過ぎず、小国は入りて人に事(つか)えんと欲するに過ぎず。その両者、各々(おのおの)その欲する所を得んとせば、大なる者は宜(よろし)く下ることを為すべし」。つまり、小国は生きる空間が狭いので、大国に欲望を隠しても隠し切れずにいる。逆に、大国はその欲望を容認してあげることがお互い生き残れる道だと教えた。まさに中国最古の詩書とされる『詩経』に書かれたとおり、物事を取り扱うには常に「深淵に臨むがごとく、薄氷を踏むがごとし」という心構えで臨むべきであろう。つまり、戦々恐々という気持ちが大事である。

ただし、老子の教えや古代中国が伝わってきた儒教文化を用いるだけではいまの国際政治の場で勝ち抜くのは難しい。中国人が儒教の教えである「名正しからざれば則ち言順成らず。言順ならざれば則ち事成らず」(出典:『論語・子路』)や「己(おのれ)の欲(ほっ)せざる所は人に施すこと勿(なか)れ」(出典:『論語・衛霊公』)などの言葉に大きな影響を受けたせいかもしれないが、何事をやってもまず大義名分な理屈を通せなければならず、面子を保つことをなにより重要視し、米国のように義理人情を講じない厚顔無恥なことを平気でやることができない。背景には、社会制度から政権を維持するため、民衆を味方にすることが必要だからである。つまり、「師出有名」(出典:『礼記・檀弓下』)でなければ民衆からの支持が得られないのである。

一方、米国のやり方は、「America First(アメリカ第一主義)」という言葉に象徴されたように、なんでも国益という自己都合を優先にし、それにそぐわない相手に対し、脅迫や制裁、逮捕、暗殺、侵攻などの手段を通し、相手を容赦なく潰すまで追い詰める。選挙で選ばれた政権なので、結果がすべてで手段は問われない。かつて、英国元首相ウィストン・チャーチル(Winston Leonard Spencer Churchill、1874~1965)が言ったように、「まずやってしまい、そのあとに適当に理由を付ければよいのだ」の言葉とおりである。相手が痛みを感じれば、交渉のテーブルにつかせ、自分に有利な条件を相手に飲ませる。世界の歴史をみても、様々な不平等条約はそのように成り立たせた。

つまり、究極的には異なる文化vs文化の戦いである。その「大義名分」文化と「厚顔無恥」文化は、それぞれの国内における民衆の支持を得る方式や社会制度、文化などと密接に関係している。そうなると、中国が国内からの支持を得るため、自分たちの顔面を保つ必要性があることから生まれてきた戦狼外交はやはり国際舞台で戦うに際し弱いと言わざるを得ない。ちなみに、「厚顔無恥」という言葉に悪い印象を持つ人が多いかもしれないが、「恥を知れ」という儒教の影響を受けて先入観ができたからであろう。実際には、「厚顔無恥」な心構えは、国運営だけでなく、ビジネス業界でも必要な素質である。多くの企業の経営者は「厚顔無恥」で成功を成し遂げている。同情心ややさしさなどの一面を持つ方は経営者に向いてないかもしれない。また、個人としても、人生において多くの場面では「厚顔無恥」でないとやっていけない時が必ずある。「恥を忍ぶことを勇気と動機づけに」（出典：『礼記・中庸』）なることが困難を乗り越えるために必須である。

ロシアは中国の戦狼外交を見下した。ある公の場で、プーチン大統領は皮肉な言葉でこう言った。「私は、何度もラブロフ外相にこう聞かせた。あなたは外相であって防衛相ではない」。もちろん、本当に聞かせたいのはラブロフ外相ではない。

しかし、プーチン氏には他人事をいう余裕はおそらくなかった。

ここ数年、中国の台頭によりロシアの国際社会における地位が著しく低下した。ロシア帝国として過去にあった栄光を取り戻し、世界の大国になるためには、石油や天然ガスなどの資源だけでは単純に核を持った中東のように一資源国という地位に過ぎず、どうしてもウクライナを自分の手に収めておき、ロシアとベラルーシ、ウクライナによる強大なスラブの国を構築する必要があった。特にロシアの軍事技術の支えとなっているウクライナの航空機エンジンなどの軍事技術の流出を食い止める必要性もあった。と同時に、中国が推し進めている「一帯一路」によるかつての旧ソ連属国である中央アジア諸国への侵食を食い止め、自分達の影響下に置く必要性もある。でないと、ロシアにとって、長年追い求め続けている西側陣営の一員になるにはそれなりの地位が得られないし、尊敬されることもないだけでなく、いずれ西側陣営によりバラバラに分解される運命に辿ることになりかねない。つまり、数百年にも及ぶロシア人が追い続けてきた、モンゴルにより焼き付けられた野蛮という烙印を消し、尊厳と安全を保ちながら文明世界に仲間入りという夢を実現できないのである。

西側諸国では中国をメインターゲットと定めている以上、西側への加盟基準を満たしてないウクライナへの侵攻に対し、西側諸国は口先に留まり、実際にはそれほど動かないのではとプーチン氏がみていた。なぜなら、中国をけん制する意味合いも含まれているからである。

しかし、西側諸国にはそこまでの読みが皆無だったことがプーチン氏にとって見事な誤算だった。プーチン氏の行動に隠されている意図は中国に見抜かれているので、中国はロシアに戦争を勝たせるような支援をしないことは当然だが、西側諸国と亀裂が生じているロシアが倒れることもみたくないであろう。

もともと中国とロシアとは長い国境線で接し、歴史上何度も紛争や衝突を起している

「天敵」関係だった。同じ社会主義国家とはいえ、スターリンからフルシチョフ（1894～1971、Nikita Sergeyevich Khrushchev）まで中露関係がよいとされる時期はわずか数年しかなく、長い間ほとんど決裂した状態にある。しかし、オバマ氏からバイデン氏まで、短絡的な見方から実施された政策により、中露関係を一変させ、嘗てないほど親密な関係に修復させた。

プロ棋士が一手を打つのに、大抵十手先または二十手先を読んで打つので、やはり一手を打つには2～3手先しか読んでないようでは話にならない。嘗て孔子が指摘した「人遠慮無ければ、必ず近憂あり」（出典：『論語』）のとおりである。

## 八十三　人類運命共同体とは

最近、「人類運命共同体」との言葉がしばしば耳に入る。

利害関係を共にするというのは、運命共同体であろう。つまり、私がよくなれば、あなたもよくなるし、逆に、私がだめになると、あなたもダメージを受けるとのことである。

民主国家の場合、政権を握った政党と国民とは運命共同体という関係にはならない。なぜなら、国民が政党に政権を握らせるのは国民の気持ち次第だからである。国民の気持ちは目先の利益などに惑わされ、変わりやすいので、どの政党も国民の支持という基盤を長く維持しにくい。皮肉なことだが、民主国家の政権はいつ国民から見捨てられ、クビにされるかわからないほど脆弱である。

一方、専制国家の場合は、国民と運命共同体になることに「成功」している。まず、野党の存在感をなくすことで、国民に与党一党しか頼れない環境を作り上げる。次に、国民がそのような環境の中で生活をしていくには、教育、医療などを含めて自分の財産など、あらゆる局面において、必然的に力を持った与党の個人や組織と関係を持たざるを得なくなることに追い込まれ、与党への依存度が高くなる。つまり、水と乳とうまく融合させたようなもので、いやでもお互いに割っても割り切れない関係になってしまう。まさに運命共同体である。その関係を利用し、民主国家の短期政権と違って、一部の反対意見を抑え込み、産業の全方位的な視野と長い時間的なスパンで物事を効率的に推進することができるようになる。このようなやり方で、中国はGDPで一気に日本を抜き、世界第二の経済大国になった。もちろん、経済発展を効率的に推進することができる反面、経済発展を効率的に破壊することもできる。反対意見を押さえ込むような効率的なやり方は、諸刃の剣でもある。

中国が国内での成功経験から、今度は世界に向けて作ろうとしているのが、「人類運命共同体」である。着眼点はお互いに経済的な結びつきを強めることである。それぞれの国とその国の特徴に合わせた経済協力関係を作ることで、相互依存になり、いずれ、あなたをみると私が映り出され、私をみるとあなたが映り出されるような、切っても切り離せない関係を構築する。中国の強みは、とてつもない大きなマーケットがあることと、インフラ構築能力や世界でもっとも完備したほぼあらゆるものを作れるサプライチェーンなどが数えられることだけでなく、現地の国々に政治的な条件(例えば民主化など)をつけないことである。特に他国に政治的な要求を突き付けないことは、独自な歴史と伝統を持つ中南米やアフリカの国々にとって非常に魅力的に映る。これがいわゆる「人類運命共同体」である。もちろん文化や歴史が異なる国々と一緒にやることは、そう簡単に構築できるものではない。また、批判されることも当然あるし、米国による阻止もある。しかし、民主国家と違って、政権が長期であるため、時間をかけて推進することができるかもしれない。メディアの報道は失敗事例が目に付き易いが、失敗があったからと言って、安易に全面的に否定すると真相を見失う危険性が生じる。特に、大きな目標を定めたうえ、物事を推進させていくには、戦争をやることと同じ、目先の勝敗に捉われるべきではない。高々「人類運命共同体」のコンセプトを打ち出してまだ十年程度で、取りあえず一勝九敗で十分だ。諺で言うと、「九死に一生」である。試行錯誤しながら徐々に勝率をあげていくしか生きる道はない。ちなみに、西側諸国では「人類運命共同体」を批判する声は止まないが、しかし、中国がやっていることは人類社会にとって未曾有のことであるのは確かである。

国と国との関係は個人と個人との関係に似ている部分があり、他人が良くなり、自分が良くならないことになると、複雑な気持ちからよくなった人の足を引っ張る心理が生まれる。相手のひとがもっと良くなってほしいという気持ちはあったにせよ、表面上にすぎず、内心ではそう思ってない。そのような心理を無くすため、やはり運命共同体を作るのはもっともである。すると、私が良くなれば、あなたもよくなるので、自然に足を引っ張るようなことは減らされる。

一国だけが途轍もない強さを持つと、他の国が追随する以外に選択値はないかもしれない。プーチン氏は冗談半分であるテレビの番組に出演し、こう言った。「もし、アメリカが同盟国に『自分たちがロープで自分の首を絞めろ』と言ったら、同盟国が勇気を持って、戦々恐々に一つの質問をする、『自国製のロープを使ってもよろしいでしょうか』と。もちろん、アメリカはそんなことを許さすわけがない。アメリカにとって、大きなビジネスチャンスになるからであろう」。もちろん、プーチン氏を擁護するつもりはないが、分かりやすいため、人類運命共同体以外に構築される国同士の典型的な関係を例として挙げた。プーチン氏はアメリカが主導するロシアを封じ込むことが、却って同盟国自分の首を自分の手で絞めた結果となることを皮肉った。

個人同士で運命共同体を構築することもある。例えば、収賄という違法行為は露見すると罪に問われるので、権力者は誰からの贈賄でも受け取るわけには行かない。お金が欲しくても、信頼している人でないと受け取ることができない。モラルのある方と勘違いされることはあるが、実際はそうではない。逆に言うと、相手から渡されるお金をすんなりと受取ったことは、相手を信用していることとも言える。お互い運命をともにするという個人同士で結ばれた運命共同体である。

仲間同士もそうである。仲間が収贈賄していることを知ると、自分だけがモラルを守るのは困難になり、仲間同士から外されないため、つい自分も手を染めてしまう。

そのような人間性をよく洞察した毛沢東は、常に各省庁や軍隊に人事異動を行わせ、個人同士で結ばれた運命共同体を容赦なく打ち砕き、自分の権力及び政権安全を守るに先手をうったのである。

日本では、少なくとも金融系の大手銀行も似たような対策を採っている。支店への人事異動はキャッチボールのように同じ支店にいた仲間同士を一緒に別の支店に行かせないように対策している。一人ではなかなかできないことが二人以上になるとできてしまう、との読みだろうか？　なかなか興味深い。

## 八十四　選挙に一票という意味

おばあさんが国会議事堂を訪ねたが、階段を登る時に転んでしまった。ちょうど首相が出てきたところで、すぐに手を貸して助け起こした。

「首相のおかげで助かりました。どうやってこの感謝の気持ちを表せばいいかわかりません。」

「いや何、それでしたら次の選挙の時、私に一票を投じてくれればいいんですよ。」

「しかし首相、私は足をちょっとした怪我しただけで、頭は少しも悪くなっていないですよ」

残念なことに、自分なりの判断で誰に一票を入れるか、できる人は実に少ない。厚意にしていることや周りからの影響を受けていることなどから、「この人に一票」を入れることは少なくないだろう。さらに言うと、候補者に関する情報収集も政敵によって行われ、当選させたくないときに掴んだ不利な情報を放出し、対立候補を落とさせるのは常套手段であろう。

選挙のことについて、日本の元首相田中角栄(1918～1993年)は「握手した数だけしか票は出ない」と断言した。つまり、冷静な判断に基づくのではなく、感情的に投票していることが多い。

また、いまの民主国家における選挙には二世や三世など世襲世代の方々が多く当選されるようになった。大きな原因はやはり名前を聞いたことがあるとか、親父はそういう人物だったからなどで有権者は「安心」で選んでいるケースが多い。もちろんなかには優れたひともいることを否定しないが、しかし、あれは宝くじが当たるか当たらないかの確率にしかならない。多くの場合、国を運営するだけの経験が不足している。いきなり国の運営を任すよりは、地方で実務経験を積まれたほうがよいし、人との相性や人を見る目の養成などチーム編成経験もする必要があるだろう。

かつて、古代ギリシャの哲学者であるプラトン(Plato、BC427～BC347年)はこう言った。「民主制を取った国家体制で、最終的に政権を握るのは選挙にだけ長け、そのほかに能力のない人気取り屋だった。民主国家は選挙を重要視しすぎ、社会を運営し、発展させる能力を犠牲にしている」

しかし、プラトンは甘かった。今現在、多くの当選者は広告の看板になりすぎ、利益集団またはある国の代理人に操られる人形のような役割しか果たせなくなったように「進化」してきたのであろう。

# 八十五　人材の選び方

ある企業が公認会計事務所を選ぶために、会計士たちを順番に呼び、面接をした。社長が会計士に質問した。「二百万円足す百万円でいくらになりますか。」二人の会計士が、いずれも三百万円と答えた。

しかし三人目の会計士は、みんなと違う行動を取った。彼は、まず立ち上がって、ドアをしっかりと閉め、社長に近づき、「いくらにしてほしいのですか」と聞いた。

三人目の会計士が合格した。

企業にとって、自分に合った人材が大事であることは言うまでもないが、逆に、人材からみれば自分の能力を認めてくれ、活かしてくれる環境（企業文化、仕事環境、報酬制度など）が大事である。森が栄えれば、鳳凰が飛来するし、川が深ければ、鯤鵬（伝説上の大魚）が生息する。

人材が活躍できる場を周到に用意し、人材を獲得するという点では、皮肉ながら民主国家よりは豊かになった専制国家のほうに強みがある。専制国家では発展を優先し、人々を平等に扱うべきなどの価値観を守る必要性がないからである。そのため、専制国家ではたとえ少々問題がある人材であっても自分たちの目的に合致する能力さえあれば、民衆の意見を情報操作で押し切り、結果が出せる人材を登用することができる。つまり、人材はある目的を達成できるかどうかを考えて使われることになる。しかし、民主国家の場合、少々問題がある人材を登用することは政権にとってマイナスになりかねない。つまり、人材は大衆迎合できるかどうかを考えて使われることになる。完璧な人材を求めてもこの世の中にはそもそも存在していないという現実がある。しかし、人材の短所を避けながら長所を生かすというやり方は民主国家では実践し難い。

専制国家でも民主国家でも様々な問題点を抱えている。すべての問題点をひとつずつ解決していくよりは、重要なキーとなる問題点をまず解決したほうが効果的である。キーとなる問題点が解決されると、それに付随する様々な問題点が自然になくなり、問題とはならなくなるからである。例えば、貧困問題は家庭トラブルの元だけでなく、治安などの社会的諸問題を引き起こす主な原因である。貧困問題を解決しない限り、家庭内暴力や窃盗などの事件は後を絶たない。警察力を増強して逮捕に尽力をしたり、裁判で厳罰に処したりしても一向問題解決にはならない。キーとなる問題点を解決するには、これに適した人材が必要である。そのような人材は、少々モラルに問題があったにせよ、キーとなる問題点を見出せて解決できるなら欠点は取りあえず無視できる。病気を治す考え方と同じで、薬に副作用があるから病気治療に飲ませないという選択肢はない。時には、「毒をもって毒を制する」ことも政治的な判断として必要である。それができるのは残念ながら民主国家ではなく、専制国家である。あくまでも個人的な考えにすぎないが、日本が実施している「量的緩和策」はデフレ抑制するには効果があるされるが、しかし、やり方がまずかった。株式を通して量的緩和が行われると、その恩恵は上場企業にしか行かず、上場と無縁な企業はむしろさらに厳しくなる。また、上場企業は自分たちの業績がよくなったのは本来の実力によるものではなく、株価が上昇することで利得を得たとわかってるため、お金を自分のところに溜め込み、チャレンジに使おうとしない。そのようなことで、所得格差が生まれる。貧しい人はますます貧しくなり、まともな仕事に着かない若者は逆に犯罪に手を出してしまうことが多くなる。そうなると、社会がより不安定になる。

さらにいうと、安定的な収入源を持たない企業が大小を問わず、熾烈な競争に勝てないことが多く、赤字という「貧困」問題に常に悩まされている。それを解消するため、企業が一般的に「暴力」や「強盗」など個人が用いる手段ではなく、「隠ぺい」や「詐欺」などを多用し、難局を乗り越えようとすることが多い。資本主義社会と社会主義社会ではかると、「隠ぺい」や「詐欺」は圧倒的に資本主義社会に多い。つまり、社会が不公平に陥れば陥るほど、競争や利益追求などを求めれば求めるほど、「隠ぺい」や「詐欺」などが多くなる。社会制度により、危機に陥らないため、利益を追求することのみになると、人間性の醜い一面がさらけ出されてしまい、逆に「窮鼠猫をかむ」という怪奇な能力が生まれてしまう。どの企業もその法則から逃れることはないが、ただ中小零細企業に比べ大企業は資金力に余裕があるイメージを与えていることと、人材もある程度揃って手段が巧妙なので、民衆から信頼されやすい。ポンジ・スキーム（Ponzi scheme）はその一例である。もちろん、「隠ぺい」と「詐欺」を繰り返すことで雪だるまのように大きくなった一面もあるかもしれない。

民間企業では人材に対する処遇は専制国家のやり方に近い。社員たちが企業の人事任命に異議を唱えることはあまりない。企業にとって、社員にとって、生き残ることと成長することがもっとも重要だと認識されているからである。

中国は、世界規模で様々な人材を活用し、自国の経済発展に役に立てるシステムをすでに作り上げている。例えば、科学技術だけでなく、政治や経済も含めたあらゆる分野において、トップレベルの研究者、学者およびその教え子などに目を付け、経費を提供するかわりに、一定の時間を中国のために働いてもらうなどの施策を打ってきた。これは、数十年前から始まったことで、最近になってアメリカがやっと理解し始め、対策も練りはじめた。そのような人材活用システムは、欧米諸国では社会制度的な制約により、作ることが困難である。民主主義国家では、政権を握った与党は党内が人材不足であっても、反対派である野党の人材を自分たちの政権、そして国家のために登用することができない。

在任中ではさすがに難しいかもしれないが、アメリカ政府で要職を務めた元高官などが、退任後、民主党出身であれ、共和党出身であれ、さらに在任中に中国を厳しく批判したかどうかに関係なく、「三顧の礼」で迎えられ、中国に協力するひとが実に多い。ポストから降りた以上、一民間人であるため、文句を言われる筋合いはない。在任中に個人的に多額な借金を抱えて、破綻寸前に追い込まれた元高官が中国企業と手を組むことにより見事に借金地獄から脱出しただけでなく、富豪にもなった事例まであった。

ビル・ゲイツ氏も人材をうまく使いこなしている。「私（ビル・ゲイツ）はハードで面倒な仕事を怠惰な人にやらせている。こういうひとこそその仕事を簡単にこなせる方法を見つけてくれるからだ」。つまり、世の中、仕事に合わない人材はいるが、使えない人材はないということである。実際には、世界中に誰もが知るブランドを確立しているダイソーの創業者である矢野氏は、当初、値段のラベルを貼るのが間に合わなかったり、値段を聞かれると面倒になり、すべての商品を１００円にすることを決断した。しかし、その一般人からみて怠慢ともみえるやり方が逆にお客様のニーズを的確に掴むことができ、大成功を成し遂げた。

海が綺麗な川だろうと汚い川だろうと問わず、無数の川を受け入れるからこそより大きくより深くなっていくものと同じように、人材を生かすのはまず度量が必要である。

適材適所が重要である。

２０１２年にノーベル生理学医学賞を受賞した京都大学の山中伸弥氏は、かつて手術をする外科医だった。しかし、他の人が十五分で終える手術が、山中氏の場合、二時間もかかり、「じゃま中」と呼ばれたことがある。それに耐え切れず、外科医をやめ研究室に入った。そして、すばらしい研究実績をあげることができた。花を咲かすには、この花に適した土壌が必要であり、自分に合う仕事に就くことは重要。諺の「木は動かすと枯れる。人は動いて生きる」のとおりである。「石の上にも三年」と言うが、自分に合ってない環境に居続けても時間の無駄である。

チームワークも重要である。

チームワークの重要性は、個人個人それぞれが持つ独自な能力を引き出し、それらの能力を抱き合わせて相乗効果を発揮すると、とてつもなく強くなることにある。漢王朝を建てた後、ある飲み会で、劉邦（BC256〜BC195　年）は酔っ払いながら、なぜ自分が項羽（BC232～BC202）に勝てたのかという質問を部下たちにした。劉邦の能力が高いからとの様々な回答が返ってきたが、いずれも的外れのものだった。そして、劉邦は自らこう語った。「私は、張良（軍師）のように策を帷幄の中に巡らし、千里も離れる戦場に勝ちを決することはできない。蕭何（行政官）のように、民を慰撫して軍隊に補給を途絶えさせず、国を管理することはできない。韓信（大将）のように、百万にものぼる軍隊を率いて、戦いに勝ち、多くの城を攻め取ることはできない。この三人は優れた人材である。私はこの三人を使いこなすことで、天下を取ったのだ」。たしかに、劉邦は何か秀でた才能を持ったわけではない。しかし、才能のある人を生かすことができた。

大抵、誰もが自分に何の才能もないと気付くと強い危機感を持つ。しかし、自ら才能がないことで、どうやって生きていくかとの危機感から、眠っていた他の才能が蘇ってくる。例えば、自分にない才能を持つ人を見抜くことのできる才能など。つまり、誰にでも才能はあるが、しかし、どの才能がどのタイミングで活かされるかが重要である。孫子の「死地に置かれてこそ生きられる」の言葉通りである。

劉邦はそうであったし、三国志の曹操もそうであった。曹操はこう言い残した。「優れた人が愚かな君主のもとで能力が生かされてないことを、わしは見ていられない」。その言葉を見て取れるように、曹操は生まれつき、人を経営する能力があり、生きる道は人を使いこなすことであった。彼が優秀で、自分はさらに頑張って彼より優秀にならなければいけないと思う人だと、やはり経営資源は事であり、物事を作る職人に向いている。三国誌に書かれていたエピソードである「温酒斬華雄」に、曹操が人の才能（英雄）は出身の地位が高い、低いこととは関係ないと考えることや、「単騎、千里の道を走り、五関を突破し、六将を斬る」というエピソードに、曹操が如何に人材を大事にし、関羽のような人材なら何でも許してしまうなどは、曹操の人を経営資源とする個性を如実に表している。対照的に、諸葛孔明（181～234 年）は、自分の個人的な才能が高かったので、常に自分は誰よりも優秀で、自分の能力で何とかなると考え、逆に裏目に出てしまった。諸葛孔明は、他に才能を持った人材を見抜くことができず、数々の戦いにおいて、ひとを使うことに失敗してしまい、いつも自ら先頭に立ち、孤独だった。そして、「長年軍隊を動かしながらもこれといった実績をあげることが出来なかった」と陳寿（233～297 年）が『三国誌』に述べた。曹操のような人を経営するひとと諸葛孔明のような事を経営するひととどちらが優れているかは単純比較できないが、面白いことに中国では諸葛孔明が好かれているのに対し、日本では曹操が好きな方のほうが多い。それは、王様がすでに存在している以上、必要となる人材は忠誠心を持った、事を経営できる人材であって、人を経営する人材ではない、という国の体質の表れであろう。人を経営できる人材、例えば曹操は、日本では立派な経営者になれるが、中国では野心家とみられ、排除される対象になる。

秦の始皇帝になった秦王嬴政（BC259～BC210 年）も生まれつきにひとを経営する能力を持っていた。韓非（BC280～BC233 年）という優れた人材を手に入れるため、軍事行動を起こすこともいとわない。自分がまだ二十代の青年であるにも関わらず、韓非より優秀になるため頑張って勉強すると考えたことはない。

かつて韓愈（768～824 年）はこう言う。「千里の馬は常に有れども伯楽は常には有らず」。つまり、人材はいくらでもあるが、人材を活かせる人はそう多くはいない。そういう意味では、曹操に追随する人は大抵本人の才能が活かされるが、諸葛孔明に追随すると、本人の才能は埋没してしまう可能性が高い。関羽や張飛、趙雲などの人材はいずれも劉備玄徳が見出した人材であって、諸葛孔明は名が知れ渡るような人材はほぼ一人も見出してない。ちなみに、日本では文化的な背景と社会的環境により、「千里の馬」または几帳面な人が多いが、「伯楽」という類の人は存在しにくい。その結果、仲間になってない他人が自分より良くなるのは見てられない感情になりやすい。

ちなみに、いまの学校教育では、生徒たちの能力教育を重視し、みんな「千里の馬」として育てあげようとしているが、「伯楽」のような人材は育たない。学校と社会とのギャップが生じてしまうのは、生徒の個性を活かしてないためである。

企業もそうであった。社長がばりばり仕事できるような企業は裏目に出やすい。部下が社長のもとでばりばり仕事ができるような企業は成功する。仕事ができる人間は負けていられないという意地から謙虚になり難い。そのため、他人に対し自然と見る目が厳しくなり、付いていく人は次第にいなくなる。逆に、仕事ができない人間はいつも自分を助けてくれる人材を求めているので、腰が低く、いつも他人がやった仕事をすごいと賛美し、付いていく人が多い。のび太君と出木杉君はその好例である。できるひとほど自分の上司にしたいのは優れた才能を持つ出木杉君ではない。器と物との関係である。人材は自分を収納できる器を探している。でないと、落ち着いて仕事ができない。

家庭もそうであった。夫婦双方ともが家庭内の仕事ができないとなると、家庭は持たないし、逆に双方とも家庭内の仕事ができるとなると、喧嘩は絶えない。家庭が円満になるためには、仕事をうまく分担することであり、相手がやっている事に口出さず、ありがたく感じることが重要。言うのは簡単だが、実際にはなかなか上手くいかない。本能が働くからである。自由恋愛で結婚した場合、本能から相手を選んだため、失敗は少ないが、見合い結婚の場合、うまくやれるかは運次第である。

項羽と劉邦に話を戻せば、劉邦方の大将の韓信はもともと項羽の部下であり、項羽は自分の能力があまりにも高いと自負していたため、韓信を見下し、大きな仕事を任すことはなかった。お互い補う関係ではなかった。項羽の傲慢さに耐え切れず、韓信は劉邦陣営に身を投じた。「背水の陣」という言葉は韓信が指揮を取った名高い用兵物語であった。劉邦が、思い切って百万の大軍を韓信に任せたのは、韓信にとって生きがいであり、本人の才能が存分に発揮できた。劉邦は項羽のようにとてもそれだけ人数の多い軍隊を率いることはできなかった。

近代中国においても、毛沢東革命も同じ現象が見られる。「政権は銃口から生まれる」と断言した毛沢東本人は、生涯を通して銃を持ってポーズしたことはあるが、銃を身に付けて持ち歩いたことや、撃ったことなどは一度もない。暴力を唱えながら自分では暴力を行使したことはない、奇妙にみえるかもしれないが、しかし、毛沢東は銃を使いこなせる人材を存分に活かし、中国革命の勝利を収めることに成功した。千九百二十年代、湖南省農民運動を考察した青年毛沢東が自分の文章にこのようなことを書き残した。「私が今回の湖南省で農民運動を考察して得たもっとも重要な成果は、社会から見捨てられた、ならず者やチンピラ、暴徒、悪党などこそ、実はもっとも革命精神に溢れた勇敢な者であり、わが革命運動の頼りであった」。この言葉は当時毛沢東の上司である知識人出身の陳独秀（1879～1942 年）により、新聞発表文章から削除された。しかし、毛沢東は常識に捉われることなく、革命事業を成功させるためにどのような人材が必要かを見事に見抜いた。そして反社会勢力とも言えるこれら問題だらけの人たちの短所を抑え、長所を生かして能力を発揮させた。余談だが、毛沢東革命の成功によって、革命に参加したこれらの「人材」の一部が自分の過去に実践した反社会的な考えや行動に対し、逆に自信を深める結果となり、そして国を統治する高い地位に就き、そのかつての成功経験をDNAのように次の指導部に引き継がせようとしている。その成功経験の裏にある考え方ややり方に対し批判は一切許されず、異議を唱えるひとは容赦なく排除される運命にある。かつてロシア革命の父であるレーニンが言った「過去を忘れることは裏切りを意味する」という言葉は、いまもなお信じられ、あがめられている。

逆にいうと、その過去の成功経験が次世代の方々にどれぐらい理解されているかで、専制国家の行方が決められると言っても過言ではない。旧ソビエト連邦の歴代指導者、例えばアンドロポフ（Yurii Vladimirovich Andropov、1914～1984 年）やチェルネンコ（Konstantin Ustinovich Chernenko、1911～1985 年）などの背景をみれば分かることである。中国においても同じことが言える。自分または自分の父やお爺さん達が苦労をして作り上げた国や勝ち取った政権の座を台無しにすることはできない。安心できる後輩でないと国を運営する政権を安易に渡すことはしない。かつての中国共産党トップを務めた胡耀邦（1915～1989 年）や趙紫陽（1919～2005 年）など、エリツィン（Boris Nikolayevich Yel'tsin、1931～2007 年）やゴルバチョフなどはその反面例である。なにがあっても立場が違う民衆に妥協しない人材でないといけない。民衆には「一寸を得ればさらに一尺進もうとする」という自己欲望があると認識され、妥協するとあっという間に飲み込まれてしまうからである。また、なにがあっても欧米諸民主国家に幻想を持たず、妥協しない人材でないといけない。そもそも国の歴史や文化などの土台が違うので、妥協すると食い物にされてしまうことになりかねないと認識されている。

そういう意味では、専制国家では政権を運営できる人材の選出は並々ならぬ困難である。かつて鄧小平が自ら持つ権力を江沢民（1926～2022 年）に引き渡すときにこう言い渡した。「これからどんなことがあっても、最終的には自分ひとりで決断してください」。とても「民主的な集団指導制」を提唱した張本人が発した言葉とは思えない。しかし、実際には、当時中国共産党の総書記を務める名義上のトップである趙紫陽氏が中国を訪問しているゴルバチョフ氏に、「我が党において重大事はすべて鄧小平同志に決めさせている」と漏らした。もともと、毛沢東も「民主集中制」を提唱しながらも「民主」は参考程度のものに過ぎず、権力を自分だけに「集中」させ、物事を自分ひとりで決めてしまい、同志たちは実行だけに徹させた。劉少奇はある公の場合でこうつぶやいた。「『民主集中制』が提唱され、自分の意見も尊重されるかと思いきや、最後に通ったのはいつも毛主席の意見だけだった」

「トップは孤独である」という言葉は、他人には決めさせないというトップに置かれているトップの人の素質を如実に表している。

元アメリカ大統領であるジョン・ケネディ（John Fitzgerald Kennedy、1917～1963年）はかつて自分が大統領になれたことについて「自分は大統領以外のことはなにひとつもできない」と言い切った。それは冗談ではなく、本当にそうであった。しかし、ケネディ氏には人材を使う度量があった。成功している自分の企業をみてわかる。具体的な仕事は自分ではやらず、上手に他人を頼り、人柄のいい人は大抵社長になれる。もちろん、一部の社長は本当に生まれつきのことであって、そもそも自分では仕事ができない人間であった。しかし、一部の社長はわざと仕事ができないふりをして、実は韓非の教えを実践している人間である。韓非がこう言う。「智を去りで明あり、賢を去りで功あり、勇を去りで強あり」。つまり、トップに立つ人間は、自分の智慧を捨てることで、却って智慧を得る。自分の能力を捨てることで、却って功績を得る。自分の勇気を捨てることで、却って強さを得る。それは自分の「智慧」と「能力」と「勇気」に頼ると、部下達の智慧と能力と勇気が発揮できなくなるからである。実際、仕事ができる人は大抵執着心やプライドなどなにかのクセがあって、仕事のできないひとのもとでやりがいを感じ、智慧も能力も勇気も存分に発揮できるのである。人と人との間にバランスの取れた補完関係が出来上がってこそ、才能が生かされるのである。

つまり、人材を使うにはまず人材を受け入れる度量を持つことが重要である。

優秀な人材ほどプライドを持ち、相手が誰であろうと安易に心を許すわけにはいかないし、自分を大事にしてくれる信頼できる相手でないと侍従しない。諸葛孔明は劉備玄徳が「三顧の礼」を尽くして迎えた人材であったことは周知の事実である。張飛なら「そんなやつなら面倒なお礼なんか要らず、俺が無理やりに連れてくるさ」といい、劉備玄徳と対照的であった。

あの「孫子の兵法」を書いた孫武は、呉国の重臣である伍子胥（不明～BC484年）が七回にわたり呉王に登用を説いた人材であった。「七薦の念」という言葉があってもおかしくはない。人材が人材を呼ぶに相応しい言葉である。

韓信もそうであった。劉邦陣営に身を投じた韓信は劉邦に起用されず、ついある夜に別れも告げず出ていた。それを知った蕭何は夜にも関わらず即刻馬で追いかけ、月の光を頼って韓信を見つけて、そして戻るよう必死に説得した。「蕭何、月下に韓信を追う」という、人材を失わないことがいかに大事であるか、に相応しい名言が生まれた。

あまり知られてないかもしれないが、春秋戦国時代の秦昭王（BC325～BC251 年）が範睢（生没年不詳）という貧しい家出身の人に、教えを請うまで、五回もひざを地に着けた。そして、範睢（はんしょ）が「遠交近攻」などの戦略を策定し、六カ国で結成された秦に対抗する同盟関係を打ち破り、秦国はついに天下統一の礎を築き上げた。「三顧の礼」に負けず劣らず「五跪の願」と言ってもよいのではないだろうか。

それらのことが示してくれるのは、人材はとても大事ではあるが、もっと大事なのは人材を活かす能力を持つ人材であろう。屋根に溜まったほこりまで落とすような音楽は楽器なしでは成しえないし、いくら貫通力ある矢であっても、弓がなければ遠くまでとばすことはできない。

また、人材を適材適所に生かすことも重要である。

かつてアインシュタインはこう言った。「だれもが天才である。しかし、木に登ることができるかを才能の判断基準にするならば、魚は永遠にそんなことはできず、才能のない馬鹿と判定されてしまう」。例えば、漫画界であれほど成功した水木さんでさえ、成功する前に、新聞配達や工場などでの仕事を重ね、どれもうまくこなせなくて、追い出された。口から血が出るほど何度もどん底を経験し、自分には運も才能もないと自信を無くした時期があった。

諸葛孔明や孫子などはいくら優秀な人材であっても、武器を持たせて戦わせたら、普通以下の戦力にしかならないであろう。庭にばら撒いた米を拾うには、鳳凰は鶏に勝てないし、麒麟を牛や羊の群に入れたら、いじめられる対象になってしまう。

さらに、高さが異なる複数のピッチクラスの楽音が同時にひびくと綺麗な和音になることと同じように、異なる才能を持った人間がうまく組み合わさると、個人個人の才能が他人によって生かされることになり、そして、目標が一曲のオーケストラのように成し遂げられるのである。つまり、指揮者はかならずしも楽器を演奏できる優れた才能を持つ必要性はなく、しかし、だれが、いつ、どこで音を出せるかのセンスが重要で、それらを調和させ、素晴らしい音楽を作り上げるか、つまらない雑音を作り上げるかは、指揮者の腕次第である。逆にいうと、優秀な指揮者のもとでは、使えないひとはほぼいない。

これまで人材とは適材適所で生かされることを述べてきた。そこに異なる性質の人材の間に相性というものがある。自分が劉邦のように人材を発掘し、使いこなせることができたのは、まず相性がいいからである。ただ、自分の後継者選びには、理由はどうであれつい相性のいい人を選んでしまい、自分の思惑が外れ、大抵失敗に終わることが多い。

でも、それは必ずしも悪いことではない。歴史は常にそのように翻弄し、良いか悪いかは別にして、新たに選ばれた人材は新しい局面を拓くことが多い。

## 八十六　学歴ってどういうものか

相手が大卒か、修士か、博士課程修了者か、医者を例にとって説明すると良くわかるだろう。

大卒は、自分はすべての病気を治せると豪語する。

修士卒は、自分は目に関わる病気しか治せないと自覚している。

博士卒は、自分は左の目に関わる病気しか治せないと言う。

まさに「何も知らざる者は何も恐れず」のとおりである。

例えば、漫画家のさくらももこさんや水木しげるさんなど、学校での成績は必ずしもよいとは言えず、また他人から指示された仕事もうまくこなせない。しかし、なぜか創った漫画は大ヒットした。やはり、行動するときに、学校の教えに捉われないことこそ、大胆な着想を奔放に描き出すことができたのではないだろうか。

一時、「ちびまるこ」というアニメをテレビでみて、以前のような面白さがなくなったような気がして、不思議に思って調べた。その時の作品はさくらももこさんが自ら作ったのではなく、文学の才能のあるひとが、同じ人物、同じ設定で創った物語であった。考えてみれば、創りはうまくて文句のつけようはないが、さくらももこさんのように観客の心の痒いところまでには届くことがなく、作品として生き生きとした生命力に欠ける。水木さんもそうであった。学校での勉強はできなかったが、あれだけの妖怪を作ることができた。しかも、これらの妖怪は感性で感じ取ったので、実在しないものはたった一つもないと水木さんは言う。

やはり感性の差ではないだろうか。勉強すればするほど、認知能力は強くなるが、しかし、大抵の場合、感知能力は次第に失われていく。

ちなみに、我々の生活に欠かせない電気を可能にしたマイケル・ファラデー（Michael Faraday、1791～1867年）は小学校に2年ほどしか通ってなかった。

また、生涯におよそ１０９３件の発明特許を持ったエジソンも学校に通ったのはたったの3ヶ月しかなかった。しかも、先生から発達障害と言われ、教えられない子供として学校から追い出された。

さらに、マイクロソフトのビル・ゲイツ、フェイスブックのザッカバーグ、アップルのジョブス、オラクルのエリソンなどＩＴ時代を作り上げてきた人物たちは、いずれも大学を中退している。もちろん、大学を卒業した人の中に成功者はいないとは言っておらず、あくまでも成功するには、学歴は必ずしも重要ではないということである。名門大学に進学できたことはそれなりに群を抜いた理解力があることの証明であるが、しかし、進学できたからと言って、学ぶ教科の選別なく四年間の教育を受け身のまま丸ごと受けてしまうのは却って危険かもしれない。自分に合ってない授業に時間と精力を無駄に使ってしまうことと、自分の独自の考え方や発想などは学校の教えによってスポイルされてしまうからである。成功者達の共通点は、他人から教えられることや指定されることなどに興味がなく、自分がやりたいことに没頭し、物事を理屈で理解するのではなく、自分の感性で感じ取って果敢な行動に移す点にある。学校の教育を受けると、認知能力が高められるかもしれないが、しかし、自分の感知能力が次第に失われるのではないかと恐れたからほかならないことであろう。

いまの学校教育は、認知能力を教えているが、これは、玉子を食べさせずに玉子の味を教えていることと似ている。感性を活かし、伸ばすことを忘れている。

人間が置かれている状態には、はっきりした論理性のある意識で支配され行動する「認知状態」と、認知力を失って意識のない「睡眠状態」以外に、意識があるようで、ないような「恍惚状態」という状態も存在する。様々な伝説的な人物・動物の行動、物語や音楽のヒット曲の創造、科学的な発見などは、この「恍惚状態」から産み出されていることが実に多い。例えば、歌手の浜崎あゆみ氏は、自分が何かを感じ、それを歌詞にするとヒット曲が生まれたと述べたことがある。

成長して、認知能力を持つようになったあと、語学の勉強をいくらやってもほとんどの人はネイティブのレベルには到達しない。それは論理的な思考が邪魔をしているからほかならない。語学は認知能力のないとき、感知力で習得すると、ネイティブレベルに達するものである。もちろん、語学に限った話しではない。様々な能力が「認知状態」でないだからこそ、習得されるものである。この認知能力と感知能力との差について、邵雍（1011～1077年）がこういう。「意識で得られるのは、物事の本質であり、言語で得られるのは、物事の表面であり、目で得られるのは、物事の形状であり、計算で得られるのは、物事の数量である」。そして、物事の奥深さは、「心（感知）で悟ることはできるが、言語で伝えることはできない」と付け加えた。

スポーツの世界では、「ゾーンに入る」との言葉がある。集中力を高めるための一種の手段である。周囲の雑音は無視され、やるべきことだけがはっきりみえる状態にもっていくことである。そうすると、運動能力が高まり、よい成績が出易いといわれている。しかし、「恍惚状態」とは似ているが別物である。「恍惚状態」は努力して、またはトレーニングして入れる状態ではない。論理的な思考に縛られない自然体でいるとき、突然入ったりする。「恍惚状態」に入ると、なにかが見えたり聞こえたりする。人間が世界を認識する一種特殊な状態である。夢とは違う。あくまでも私的な仮設ではあるが、菩薩や神様などの像は、「恍惚状態」で見えたものを書下ろしたものではないかと思う。「恍惚状態」で感知したものは現実に存在しているのである。五感では感知できず、当然、想像力と論理的な思考力などでは認知できない。犬の嗅覚が優れているというのは、人間や機械でも感知できない何らかの匂いの存在を感知できるからである。同様に、この世界にはまだ認識されてない、しかし存在している事がたくさんあるが、問題はどう認識するかである。いままでは、勉強や研究などの認知力によってその一部を認知してきたが、やはり限界がある。世界をもっと認識するには、感知力が必要になる。しかし、いまの学校教育では、教育をすればするほど、生徒達のその感知能力をなくしている。生徒達の本性に合った教育をしてないからである。本来なら、水木さんのいうとおり「雑念がなければ、だれでも妖怪が見える」のということだが、学校の教育を受けすぎると、見えなくなる。学校での勉強成績が優秀な人が、世界を認識するにあたって、感を頼りにして何かを作り出したという話を、私が聞いたことがない。ちなみに、諸葛孔明も水木さんと同じ意味の言葉を残していた。「落ち着いてゆったりした気持ちでないと、遠大な境地に達することができない」。稀代の軍師と評価されたのはただ勉強がよくできたからではないであろう。

数千年前または数万年前の古代には、コンピュータもなければ、通信手段も交通手段も限られていたが、様々な宗教的な物語・人物や芸術的な作品、科学技術的な発見などが生み出されている。これらは、いまの科学技術を持っていても説明できない。おそらくあの時代には、論理的な分析の認知能力が不足するからこそ、感知能力が非常に発達していたのであろう。現代社会の科学技術という手段は、世界を認識する唯一の手段ではないことは確かである。

かつてモンテスキュー(Montesquieu、1689～1755 年)はこう言った。「私たちは三つの教育を受ける。一つは両親から。もう一つは学校から。残りの一つは社会から教えられる。そしてこの三番目は、初めの二つの教えにすべて矛盾するものである」

アインシュタインは１９４０年秋にアールゲノン・ブラック(Algernon Black、1900～1993年)との対談で、次のような言葉を言い残した。「人はなにか事をなそうとするとき、理性的な意識ではなく野獣のような直感に任すべきである」。しかし、この談話は、アインシュタインの記録文書には残るが、当時アインシュタインは公表しないことを要望していた。「直感は聖なるプレゼントであり、理性は忠実な使用人である。しかし、いまの社会では使用人を大事にしすぎ、せっかく与えてくれた聖なるプレゼントを忘れかけている」と、アインシュタインが語った。しかし、世の中、多くの方が未だに人間には知恵があるとの認識の愚かさに気付いてない。

# 八十七　なぜたまごを食べないか

このような話がある。

英国にはかつて貧しい時代があった。食べ物がなく、餓死者まで出た。この話を聞いた英国の女王が不思議に思って自分の周りに聞いた。「餓死ってありえないでしょう？彼らはなぜたまごを食べないのでしょうか？」

このことは、社会の現状が如実にトップに届かなくなったということを意味する。つまり、このことは、社会の現状、現実を上層部まで伝達する社会システムに欠陥があることを示している。

現在の民主国家ではこの問題点をある程度解決してはいるが、専制国家ではこれがまだうまく機能していない。専制国家は選挙で選ばれた政権ではないので、一々民衆の意見を気にする必要性はない。民衆の意見を吸い上げるよりは、統治者の考え方が優先されるようになる。そうなると、人々を困らせる様々な政策を次から次へと打ち出せば、社会の現状をうまく吸い上げられるだけの能力がなくなったことを意味する。例えば、ゼロコロナ政策の実施により、どれほど一般庶民にダメージを与えているか、政府指導部がほとんど理解していない。

政権とは、水の上に運行している船である。船を浮かせるのも、沈ませてしまうのも水という民衆の力によるもので、民主国家も専制国家も同じである。しかし、専制国家では、権力を私欲に利用し、言論自由を封じ込むだけでなく、情報を操ることで、民衆の認知をゾンビ化させ、民衆の不満をとりあえず解消している。それによって、専制政権が維持されるだけでなく、民衆から民主国家よりも高い支持率を得られることになる。なぜなら、情報源が限られているので、人々の考え方が誘導されやすいからである。しかし、度重なる失策によって、民衆に溜まった不満はいずれ怒涛のように爆発し、政権という船を沈ませてしまうリスクが潜んでいる。特にその民衆の不満が治安維持ミッションを担う警察や軍隊まで蔓延してしまった場合、専制国家の政権はほぼ高い確率で倒れてしまう。約2800年前に書かれた『左伝』という本の「衆怒は犯し難く、専欲は成り難し」という言葉の指摘通りである。1989年にルーマニアで起きたチャウシェスク大統領銃殺事件はその言葉の正しさを証明した一例である。

欧米諸国が専制国家との戦いによく経済制裁という手段を用いる。しかし、経済制裁によって、苦しめられるのは専制国家の統治者などを含む既得権益者ではなく、むしろ一般民衆のほうである。一般民衆が苦しみから蜂起して、専制政権を倒すのではないかと期待しているようだが、それは欧米諸国政治家たちの一方的な願望にすぎず、ほとんど予想どおりには行かない。制裁の原因は情報操作により歪められ、大半の民衆には本当のことが知らされない。知らされたとしても、民衆は苦しんだ末、逆に制裁を掛ける側に対し恨みを持つようになり、専制国家の独裁政権に同情さえしてしまう。また、既得権利者たちは、民衆に知らされない本当のことを知っていても、逆に優越感が生まれてしまい、まるで大企業の取締役会に出席できるようなプレゼンスがあると自慢したくなる。その特権を失いたくないため、専制政権をむしろ守ろうとする。さらに、制裁にはいくらでも抜け道があるし、制裁が効かないどころか、効いたとしても逆に追い詰められた専制国家に核や化学兵器など破壊兵器の使用に口実を与えることになりかねず、逆に世界はより危険な状況に陥る。孫子がいう「圍師は必ず闕(か)き、窮寇は迫ること勿れ」の言葉のとおりで、追い詰められたひとの心理は、論理性を用いて説明できることではない。

IMF(国際通貨基金)が発表した統計によると、2022年にロシアのGDPが世界8位に躍進した。長年カナダやイタリア、韓国などに抑えられ10位以下だったが、一気にそれらの国を抜いた。ロシアに対し実施した禁輸、外国企業の撤退、swift(国際決済システム)からの排除、原油価格制限などにより、ロシアはじり貧になり、崩壊するのではないかとの大方の予想を反し、むしろロシアがますます豊かになった。逆に、制裁をかける側である米国を中心とする西側諸国がかつてのないインフレに苦しめられ、銀行まで倒産してしまう事件まで起き、民衆の不安や不満がかつてないほど高い水準に達した。やはり、人間が傲慢で、自分だけが賢い、自分たちが離れたら地球が回らなくなると思い込んでいたが裏目に出たということではなかろうか。

いまこそ、孫子がいう「彼を知り己を知れば百戦殆からず」の言葉を再認識するべきであろう。いまの現状では、民主国家も専制国家も相手の国が倒れる事を期待しているようだ。実際のところ、どちらの国も弱みを持っているので、いつ倒れてもおかしくはない。そして、相手に対する理解不足により、相手が倒れる前に自国が先に倒れないという保証はどこにもない。そもそも世の中、小説《紅楼夢》に書かれたように、「立派のところには立派なりの悩みがある」だからである。

巻六

# 健康と医療の話

# 八十八　女性はなぜ痩せたがる

女性はどうして執拗に痩せたいという気持ちを持つのか、理解に苦しむ。

人が正常の状態では、「月」（にくづき）という字を組み合わせて表している。例えば、「肝」、「腎」、「肺」、「胃」、「腸」、「脳」など。

そして、正常ではない状態では、病気を表す漢字にはかならず「疒」（やまいだれ）が付きまとう。例えば、「痘」、「癌」、「疹」、「痔」、「疲」、「疸」、「疽」、「疫」、「瘟」など。

痩せるの「痩」という字にも「疒」（やまいだれ）が付いている。どうも、痩せるとは一種の病気である。

しかも、男性から見れば、痩せている女性がきれいだと思わない人は実に多い。したがって、痩せたいとは、女性特有な一種の病気かもしれない。逆に、肥満の「肥」という字に、「月」（にくづき）がついているので、肥満はむしろ正常である。いや、正常だけでなく、楊貴妃のように肥満はむしろ美女の基準である。

# 八十九　病気を治してしまった

医者の息子が大学の医学部を卒業し、父親の病院で仕事を始めた。父親は息子に仕事を任せて旅行へ出かけた。一ヵ月後、戻ってきた父親は息子に病院の状況を聞いた。

「うまくやっているよ。全然問題ないさ。」と、興奮気味の息子が言った。「田中さんって患者さん、覚えてる？お父さんが二十年かかっても治せなかった彼の腰痛を、僕は一発で治してあげたよ」

お父さんは失望と落胆を隠せなかった。「何だって。あの田中さんの腰痛病のおかげで、お前は高校、大学まで行けたんだぞ。この次は、田中さんにベンツを買ってもらおうと思っていたのに・・・」

たしかに、診療も一部の病院やクリニックにとっては純粋にビジネスである。

以下は、私が2019年に書いた論文の一部を抜粋したものである。

「2017年5月3日に BMJ（英国医療誌）が発表した分析によると、人類が死亡する原因の第三位に、医療行為が挙げられている。その医療行為とは、誤診や薬物副作用、治療ミス、過剰治療などがある。ちなみに、第一と第二位にはそれぞれ心筋梗塞や脳梗塞、がんを挙げている。

また、現実的には、医者の職業的な特徴による行動もあった。例えば、医者にとって自分の出番がなくなるような診療は患者に薦めず実施もしないこと。中には病気がきれいに治ったら逆に診療所のビジネスにならないと心配する医者までもいた」

米国疾病予防センター（CDC）の発表によると、２０１３年に全米で25万1454人が病気により死亡したのではなく、治療行為により死亡した。その25万人の数字には、介護施設や自宅で死亡した人数が含まれておらず、それらを含むと推定25万から44万人が治療行為により死亡したことになるという。単純比較はできないが、しかし、２０１６年に全米交通事故で亡くなった３万８千人や銃撃で亡くなった３万７千人などに比べると、この数字が如何に大きいかがわかるだろう。

## 九十　病気の判断方法

身体にある痛みやつらさなどがなくなれば、病気が治ったと判断されることが多い。しかし、精神疾患患者が精神病から回復したかどうかの判断はそう簡単ではない。このような疑問を抱いて、ある著名なテレビアナウンサーが精神病院へ訪ね、院長にどう判断するかを聞いた。すると、院長は風呂場の写真を取り出し、こういう。

「浴槽に水がいっぱい入っている。床に、スプーンとボウルが置かれている。患者に『浴槽に溜まった水を一番早い方法で無くしてください』と指示する。これで精神病から正常に戻ったかどうかを判断している」。真剣そうな表情で聞いたアナウンサーに、院長がさらに聞く。「あなただったら、どうしますか？」

「それは簡単ですね。もちろんボウルを使ったほうが早いですよ」とアナウンサーが言う。

院長が嘆息した。「しかし、我々は詰め栓を抜くことができるかどうかで、判断している」

## 九十一　健康と長寿とは

約三十年前に、米国のブレスロー教授（Craig Andrew Breslow）が提唱した七つの健康習慣は、以下の通り。

① 喫煙をしない
② 定期的に運動をする
③ 飲酒は適量を守るか、しない
④ 1日7～8時間の睡眠を
⑤ 適正体重を維持する
⑥ 朝食を食べる
⑦ 間食をしない

一見よさそうな生活習慣だが、しかし、実際に様々な研究プロジェクトから、この七つの健康習慣を守る人とそうでない人とは、必ずしも健康、長寿に差異が出るとは限らないとの論文が多数発表された。つまり、この七つの良いと思われる健康習慣は健康長寿と相関関係の裏付けが取れないことが分かっている。

２０１７年４月１５日に、世界最高齢に認定されているイタリア人女性エマ・モラノ氏(Emma Morano、1899～2017 年)が１１７歳で息を引き取った。エマ氏は若い頃に、医師から貧血対策に生卵を食べるように薦められ、それに従って９０年間もそうし続けた。生涯計１０万個以上の卵を食べたことになる。エマ氏は長年、１日に生卵2個と調理した卵１個、ひき肉にパスタ少々という食生活を送り、野菜もあまり口にせず、果物はバナナのみだった。

エマ氏の食生活は、栄養学の視点からみてバランスの取れた食事でもないし、学者が薦めている魚や大豆、野菜もほとんど食べてない。それでも健康(病死ではなく、老衰だった)で長生きだった。

２０２１年１月２日は、ギネス世界記録に認定される福岡市に住む田中カ子氏の１１８歳の誕生日であった。テレビのインタビューを受け、長寿の秘密を聞かれた田中氏はこう答えた。「特にないですが、炭酸飲料水を毎日飲んでいます」

長寿でいたいとはみんな願っているが、しかし、このような例外もあった。

２０１８年5月初めに、オーストラリア最高齢の科学者デビッド・グッドール氏(David William Goodall、1914～2018 年)は１０４歳の誕生日を過ごした後、自らの人生に幕を降ろすために、スイスに行き、安楽死を選んだ。

デビッド氏は、病気を抱えていたわけではなく、純粋に生き甲斐を無くしたと告白した。デビッド氏は、1979年にリタイアしたあと、自分の研究分野に深く関わり続けた。地球上の生態系についてまとめた「Ecosystems of the World」全30巻の編集に関わったほか、2016年には102歳にして、パースのエディス・コワン大学で名誉客員研究員として働き続ける権利を勝ち取った。それだけ充実したと思われる人生であるにも関わらず、スイスに旅立つ前に、長生きしたことを「ひどく悔んでいる」と振り返った。スイスの病院で注射を受けたデビッド氏は注射30秒後に目を開けて、自分の意識がまだあることに「間違った薬品を注射したのでは」と周りに聞いた。人生は生きた長さで量るのではなく、広さで量ることをデビッド氏が証明した。

やはり、2300年前の荘子が言った「寿ければ則辱多し」（いのちながければ、すなわちはじ多し）という言葉のとおりであろうか。

たしかに、人が生きるのは重要なことだが、どのように死ぬかも重要である。

私は、世界長寿の村と言われる中国・広西省・巴馬市に行ったことがある。桂林なみの景色に魅了されると同時に、空気もとてもきれいだった。そして何より、百歳を超える老人が多数いる。現地出身のガイドに、老人たちの死に方を聞いた。

すると、こう答えた。「老人は自宅前の庭にある椅子に座り込み、太陽を浴びている。

孫たちがお昼の食事を作り、出来上がってお婆さんを呼びにいったが、お婆さんはすでに息を引き取った状態だった」

何て美しい死に方だぁと思わず感動を覚えた。

そして、このような逸話もガイドから聞いた。

八十歳を超える老人が泣いている。なぜ泣いたかを聞くと、「お父さんから叱られた」と言う。

そして、八十歳の子供を持つお父さんに、「なぜ叱ったか」を聞くと、「お爺さんにちょっと無礼なことをした」という。

人は八十歳になっても、健在しているお父さんやお爺さんからみれば、まだ子供に過ぎないということであろうか。

インドの詩人タゴール（Rabindranath Tagore、1861～1941 年）は人生について、こう語った。

「夏の花の如く艶やかに生き、秋の枯葉の如く穏やかに終りを迎えよ」

## 九十二　診療の話

中国春秋時代の扁鵲（へんじゃく）という人物が、司馬遷によって編纂された中国の正史『史記』に記載されている。それによると、扁鵲は30日間秘伝の薬を飲み、人の身体の動きを見通すことができるようになったという。もちろん、いま現在では、そのような話を信じるひとは一人もいない。しかし、渡り鳥は冬が到来する際、何万キロも正確に飛んで南方に辿りつく。方向認識として渡り鳥の目には人間が持たない特殊なタンパク質があり、地球の磁力線が見えて飛んだと考えれば、別に何の不思議もない。

『史記』には、扁鵲による斉の桓侯への診療の様子がこう書かれている。

扁鵲は、桓侯と初対面で、「王様の病気が表皮にあるので、いま治さないと大きな病気となる」とアドバイスをした。しかし、桓侯は、「わしは病気でない」と答え、扁鵲を相手にしなかった。そして、周りの人に、扁鵲には下心があったのではとつぶやいた。

そして、5日後に、再び扁鵲は桓侯に会い、「王様の病気はもう血脈に入ったので、いまから治さないと大きな問題になる」と進言したが、再び無視された。桓侯は機嫌を損ねた。

　また5日後、今度も扁鵲は、「病気は胃腸にまではいったので、手を打たないと大事に至る」と警告を出したが、どこも悪くないと思っている桓侯は聞く耳を持たなかった。さらに数日後、扁鵲は、桓侯に会いに行って、一言も言わずに引き返した。不審に思った桓侯は使いをやって理由を聞いた。すると、扁鵲はこう説明した。「病気は表皮に現れた時に、湯熨で治せる。血脈に入ったら、鍼灸などで治せる。胃腸に入った場合、薬剤で治せる。しかし、王様の病気は骨髄に入ったので、もう救いようがない」。そして、数日後に、桓侯は発病して、命を落とした。

　もちろん、正史に載せたからと言って必ずしも信憑性のある事実であるとは言い切れないが、しかし、病気の発症から重症にいたるまでどの段階でどのような手段で治していくべきかの方法が示され、あとになればなるほど治療による負担が身体にかかり、害をもたらすことが多くなることを示している。二千五百年後の現代においても、この考え方は、医療の在り方に多くのヒントを与えてくれている。

　今現在、健康診断があり、身体の状態をある程度判定できるが、しかし、天気予報のように、これから身体の状態はどうなるかの「身体予報」機能はできてない。むしろ、健康診断により、身体に見つかった「不具合」を何らかの手を打つよう薦められることが多く、本当に必要なのか、そして打つことによってさらに別の不具合を引き起こす可能性はないかなどの考えが欠けていることが実に多い。

現段階では、技術的に「身体予報」は不可能と思われているかもしれない。しかし、三国志に起きた「赤壁の戦い」を思い出すと、当時諸葛孔明は「曹操を破ろうとすれば、火攻めを用いるべし」と周瑜に薦めた。周瑜もこれを受け入れて準備を進めたが、万事倶に備われど、ただ東風を欠くということに気づき、周瑜は眩暈を起して倒れた。豊かな天文と気象知識を持つ諸葛孔明の数日後に東風が吹くという「天気予報」は的中し、風が南東向きになった時に曹操軍への反撃を始めた、いわゆる「東風を借りる」という当時だれもが想像すらできなかった天気予報をすることで曹操軍を完全に撃破した物語である。当時不可能と思われていた「天気予報」は今から見ると、実に当たり前のことであった。『史記』に書かれたこの扁鵲による斉の桓侯への診療の話しは「身体予報」そのものである。2500年前の人がすでに思い付いたことを考えると、今現在すでに実現できることであってもおかしくはない。本書「九十五　血液に隠された秘密」という節に書かれている技術で「身体予報」が実現できることを述べている。そして、「身体予報」ができるようになると、身体に対し、いつ、どのような手当てをすべきか、またはすべきでないかが分かるようになり、医療による身体への関与の質を高めることで、身体の健康を守ることができる。少なくとも、治療が他の治療を呼ぶようなことは避けられるのであろう。つまり、天気予報のように、身体が濡れてからどうするかではなく、濡れないようにするために先手を打つことが求められているのである。

実際のところ、現代医療は、手術、救急（ショック、中毒、出血、骨折など）、細菌退治など急性症や感染症などの治療には優れているが、その他の疾病に対しては、ほとんどの場合、症状を緩和するだけに留まり、病気となる原因を退治することはできない。言いかえれば、病気が治るか治らないかは、身体自身が持つ自然治癒力に依存していることにほかならないということである。

今回、新型コロナウイルスに感染した患者が病院に運ばれ治療を受けたとはいえ、ほとんどの場合、治療を受けるのではなく、体力増加のための点滴（ビタミンCなど）を打つ、酸素を吸いこませることで呼吸困難を解消する、抗生物を取り入れ細菌感染を防止するなどであり、身体が持つ自然治癒力の力で健康回復を待つということであろう。

そもそも人類が約二十万年前に誕生して以来、たった一度も三十億年も地球に生息しているウイルスを退治したことはない。ある種のウイルスが流行すると、古いほうのウイルスが消え去っていく。１９１８年に世界的に流行した「スペイン風邪」と呼ばれるウイルスは、病原性を弱めながら約四十年にわたって流行し続けたが、１９５７年に「アジア風邪」という変異種ウイルスが流行し出すと、形跡もなく消え去った。そのアジア風邪も、

1968年に変異種の「香港風邪」が登場すると、またも消え去ったのである。今回のコロナでは、オミクロン株が登場すると、少なくとも猛威を一時振るったデルタ株の話は聞こえなくなった。ウイルスは人類の手ではなく変異種ウイルスによって駆逐されることを歴史が証明している。

現代医療ができる範疇で人々を病気の苦しみから救出してきたことで、つい現代医療に対し過大な期待を寄せてしまい、どんな疾病に対しても解決してくれる能力があると錯覚した。つまり、短距離を早く走れる選手をみて感動し、この選手ならどんな長距離でも早く走れるのではと勘違いしてしまうことと同じであり、錯覚による判断である。その誤認の結果として、治療がさらに別の治療を呼ぶことが生じてしまった。

また、病気を罹患した後にどうするかというスタンスも現代医療の問題である。例えば、ウイルスに感染したら、どう対処するかに追われていることがそうである。運よくワクチンができて、一時的にある種のウイルス感染を防げたとしても、このワクチンが身体の持つ天然免疫力に悪い影響を及ぼさない保証はどこにもない。不適切な例かもしれないが、2021年に米軍がアフガニスタンから撤退し、まもなくアフガニスタンがタリバンに制圧された。つまり、米軍と言う「ワクチン」に依存してしまったアフガニスタン政府軍の「免疫力」が働かなくなってしまったということである。外部に頼るよりは、根本的には自らが持つ能力に頼るべきである。そして、様々な治療を施すとき、その自ら持つ能力をいかに壊さず行うかが重要である。と同時に、身体が自ら持つ能力を高められるような「治療」を目指すべきである。

それらの根本的問題点を解決せずにいると、医療費用を年々増やしても追い付けないことにつながるし、やがて「医療」が国を食い潰してしまうことになりかねない。

# 九十三　失われた漢方

２０１５年にノーベル生理学医学賞は屠呦呦氏に授与された。ノーベル賞委員会の発表によれば、屠呦呦氏はクソニンジンという植物の葉からアーテミシニンという化合物を発見し、２００６年以降の本格的な投入により、毎年十万人のマラリア患者の生命を救ったとされる。

マラリアは世界最大の感染症でありながらも、いまだに有効なワクチンは実用化されていない。薬も十七世紀にイエズス会の宣教師がヨーロッパにもたらしたキニーネという治療薬および、その構造を変形したクロロキンやメフロキンぐらいしかなく、しかもいずれも副作用がかなり強く、服用後はかなり苦しむ羽目になる。

屠呦呦氏が開発したそのマラリアを退治する方法は、実はいまから千七百年も前、中国晋の時代に、葛洪(283～363　年)という人が書いた『肘後備急方』という本に記述されている。屠呦呦氏は現代科学技術の研究に用いられる基準で実験を積み重ね、データをもってその効用を証明したのである。

千七百年も前に、どのような経緯で明確に「これでマラリアを退治できる」となったかはいまでは想像すらできない。電気もコンピュータもなく、交通手段や通信手段も限られている時代に、どのようにして問題解決方法を見出したか、非常に興味深い。

日本では、富山の薬が有名である。

かつて天保年間では、有名な薬として堂々一位にランクインされ、上流階級の人が毎日携帯して愛用した「反魂丹」という漢方薬はいまではほとんど聞かれない。

「反魂丹」は、もともと二十三種類の生薬を使い、死者を蘇生させる能力があるとされる。しかし、現代科学技術の基準で薬を作るには、使われる生薬の成分や効果などをはっきりさせる必要性があるため、「反魂丹」に使ったほとんどの生薬が使えなくなり、結局使えたのはたった四種類の生薬に留まった。名前は「反魂丹」のままで、中身はまったく別物になってしまい、当然、かつての伝説の効用は微塵もなくなってしまった。

現代科学技術による薬を作る技術はすごいと思う人が多いかもしれないが、しかし、実際のところ単一分子構造しか分析ができず、複数の分子が同時に働き、どのように効果を発揮しているかの研究はまだできてない。しかも、単一分子構造研究だけでも大手一社では負担しきれないほど膨大な費用がかかる。

自然界のなか、植物にせよ生物にせよ、単一分子構造で機能をしていることはほとんどなく、大抵複合分子構造である。対象によって、組み合わせた複合分子が相乗効果をはたし、複数のタンパク質を制御したりして機能を果たす。その複合分子を調和する技術は「泡製技術」と言い、効用を発揮させる漢方の真骨頂である。

このようなエピソードがある。

中国には「同仁堂」という漢方を製造販売している有名な店がある。そこに「御欣通」という漢方薬があり、主に血の流れが悪くなるといった動脈が閉塞する障害を緩和する効果がある。

この同仁堂の「御欣通」と全く同じ構成で作られる「（裏で流通する）御欣通」がある。これは、国が認定した漢方の達人の一人が自分で作ったものである。効果は、同仁堂のものを遥かに上まわった。なにが違うかと達人に聞くと、達人はこう答えた。「『御欣通』を構成する数十種類の生薬のうち、二種類の生薬は特定の場所と特定の時期時間に私が自分で採取して使った。それだけのことだった」

生薬は植物である以上、効果を存分に発揮するには、西洋医学が考えるどのような分子構造を持つかということだけでなく、産出する場所が重要な上、採取時期（季節や朝晩など）も重要である。つまり、「旬」という天地の霊気、日月の精華を植物を通して人が取り入れることが健康維持には大事である。かつて、中国三国時代の名医華佗（145～208年）が「三月にインチン（茵陳、漢方の一種）であり、四月にコウ（蒿）へと変わる。五月六月になれば、ただのご飯を炊き上げる薪である」という言葉を言い残してある。植物の薬用効果が時期とともに変化していくことを指摘した。また、「江南の土地では橘であるものが、江北に植えると枳となる」(出典:『晏子春秋・内編雑下』)という言葉に指摘されたように、同じ種を持っていても、産地が違えば育ったものも違うのである。また、南米アマゾン川流域に生えている「タヒボ」(Taheebo)という「神の恵み」と呼ばれる貴重な樹木は様々な炎症を抑える力があるとされているが、世界各国に注目され、何度も別の場所に移植を試みたが、ごとく失敗した。アマゾン川流域のと同じように大きく育てられないだけでなく、薬用成分も持ち合わせてない。

しかし、そんなことが分かっていても、商業社会に金儲けという至上価値観が横行して以来、漢方薬になりえる植物は「技術の進歩」により、いつでも、どこでも大量生産することができるようになり、次第に漢方は本来の効用を失いかけ、本領発揮が出来なくなりつつある道をたどった。

ついでだが、スーパーに立ち並ぶ野菜や果物についても同じことが言える。温室で栽培された、季節はずれの野菜や果物は食べる分には問題はないかもしれないが、しかし栄養価値は自然に育ったシーズンものには遠く及ばない。

そうなると、長年言い続けてきた「医食同源」という言葉は、歴史的な使命を終え、薬用効果のあるとされる植物が「栽培技術の進歩」や「利益追求のビジネス化」などとともに、皮肉にも今後無意味になるかもしれない。

# 九十四　予想せぬ薬の効果

バイアグラという薬は、１９９０年代前半、狭心症の治療薬として研究・開発が進められていた。しかし目標の冠動脈の血流をよくする効果が臨床試験の過程でほとんどみられなかった。逆に、男性服用者に勃起現象が起きることが判明された。

巨額のお金を投じたファイザー社は結果をみてすぐに当初の目的から方向転換し、ＥＤ（勃起不全）治療薬にした。そして１９９８年に薬の認可を取得し、同社に年間３０億ドルもの売上をもたらすベストセラー薬となった。

よく考えて見れば実に恐ろしいことだ。我々が飲んでいる薬は、身体の中で予期せぬ作用をしていることが想像に難くない。

ある病気を治療するための薬を飲むことによって、別の病気を引き起こしてしまうことがあるからだ。例えば、ゲフィチニブ（商品名イレッサ）という抗がん剤。２００２年認可された当時、「夢の抗がん剤」としてマスコミで大きく報道され、医療関係者やがん患者が大きな期待を寄せていた。しかし、この薬を投与された人のなかから、間質性肺炎という重い病気を発症するケースが続出し、死者まで出た。薬害問題として訴訟まで発展した。それでも、患者からの訴えは退けられた。イレッサの副作用発生率は従来の抗がん剤とほぼ同等であり、医薬品のひとつである以上、副作用は避けられない、と裁判所が判断している。

裁判所の判断は正しいかもしれない。多くの医薬品メーカーが強調しているのはターゲットの病気を治す（または病状を緩和する）ことであって、それに伴った副作用により健康が損なわれることに比べ、統計的に代償のほうがはるかに少ない。それは社会全体を見渡した場合のことであって、個々の個人に当てはめるとかりに身体に別の異常が来しても、この薬を飲んだからこうなったとの判定は難しいのが現状である。言い換えれば、最新の技術で開発された「新薬」には気を付けたほうがいい。どれだけの副作用が出るのか時間が経たないと分からないからである。2017年5月号の JAMA（米国医師会雑誌）に、アメリカのイェール大学の研究チームが発表した論文によると、2001年から2010年の十年間、FDA が認可した222の新薬に対し、追跡調査を行ったところ、71の新薬にはなにかしらの潜在的なリスクがあり、逆に健康問題を引き起こしている可能性を FDA が認め、そして三つの新薬は取り消される事態となった。

かつてビル・ゲイツ氏が病院に行って、医者から最新鋭の治療方法を薦められたが、氏は「私を医療実験の対象にし、私にお金をくれるつもりですか」と笑って言った。

# 九十五　血液に隠された秘密

ある日の夜、疲れを感じていたため、マッサージ屋に通った。足裏マッサージをしてくれる男性が、淡々と足の裏を押した。押された場所に痛みを感じると、「腎臓が悪い」と言われた。そのとおりだった。気になるので、「胃腸はどう？」と聞くと、マッサージ師が私の表情をみて、「大丈夫」と言ってくれた。ある場所が押されても痛みを感じなかったためだという。

なぜ、腎臓または胃腸などの具合が足裏と関係があるのか、現代科学技術を持っていてもまだ説明できない謎である。

しかし、私にはピンと来た。

私はある特殊に作られた機械を利用した。血液を分析する装置であった。人の指先から血一滴を採り、この装置にかけると、一滴の血からひとの身体の全身を構成する細胞の様子を見ることができた。一滴の血の様子が装置によって大きく拡大され、やがて人の全身をみているような状況だった。血の様子をみてみると、肝臓または腎臓が悪いことが分かってしまうし、胃腸が正常に機能していることがわかるといった具合だった。

一人の人間は約37兆個の様々な細胞で構成される。細胞は機能ごとに分類される。例えば、肝臓を構成する肝臓細胞や腎臓を構成する腎臓細胞、味覚機能を果たす味覚細胞、嗅覚機能を果たす嗅覚細胞などなど。

細胞の状態(よい状態にあるか、傷んだ状態にあるかなど)をみることで、身体が機能するかしないかある程度判断できる。例えば、肝臓細胞に傷みがあれば、肝臓機能が落ちているとみて間違いないし、味覚細胞に傷みがあれば、味覚機能が落ちているか失われたかなどのことがわかる。

このことにより、約37兆個にのぼる身体の細胞の状態は一滴の血に反映されていると、確信を持った。

少し驚いたため、現役の医師や大学の医学部の教授など沢山の方々を呼んでみてもらった。実験対象者は医師や学者自身だった。もちろん、これらの医師や学者の身体状態がどうであるか、私には分からない。私が、医師や学者たちの指先から血一滴を採り、装置でみるだけだった。そして、足裏マッサージ師と同じように、「あなたは腎臓が悪い」や「あなたは胃腸が正常だ」などを言い当てる。もちろん、医師や学者たちの身体の状態と合っている。

なかには、持病を抱えていた学者もいた。学者が自分の不具合は自分にしか分からない。なぜなら、毎年ＭＲＩ検査を受けていたが、指摘されることは一度もなかった。でも自分には分かっていた。自分が言わない限り、だれも自分の身体に抱えている不具合は分からないと思ったが、しかし、一滴の血によってわかってしまった。

結局、来た医師や学者たちは一滴の血に確かに身体の情報がまるごと入っていることは認めたが、しかし、何の原理かを説明できる方がいない。「ついに、医学はそこまで進歩したか」とつぶやく先生もいた。

どう説明するか、私もずいぶん考えた。

そして、数年の歳月はあっという間に流れていた。ある日、何かを悟った。これは物理現象であって、医学が説明できることではないことに気付いた。

まず、フラクタル(Fractal)という物理原理が働いている。

フラクタル原理とは、植物にせよ、生物にせよ、成長していく過程で、いつも自己相似パターンで成長し、大きくなっていく。つまり、すべての情報を継承しながら、伸びていくことである。

次に、ホログラフィー(Holography)という物理原理が働いている。

ホログラフィー原理とは、部分には全体があらわれるという物理法則である。一滴の血にせよ、足裏にせよ、その身体の部分では身体全身の情報が含まれているということである。

私は、このような一滴の血を観察することを「血液の構造分析」と名づけた。つまり、血液が身体の構造を表しているとの見方である。一滴の血に、肝臓や腎臓、胃腸などがみえて、それらの臓器の働き具合もみてわかるとのことである。

従来の血液検査では、そのようなことはできない。従来の血液検査では、血液に含まれる各種類の細胞の数量を数えることと、血液に溶け込んでいる成分、例えば、タンパク質の種類や mRNA、脂質、糖分、微量元素などの検出などに留まり、いわゆる「血液の成分分析」に過ぎなかった。また、ここ数年、はやりの一滴の血によるがん検査も、一滴の血に溶け込んでいる特定のタンパク質と特定の mRNA の組み合わせをチェックするものであって、一種の成分分析にすぎなかった。医学界では、血液を一種の液体とみるからである。

血液に何かの秘密が隠されているとみて、興味を持つひとはたくさんいる。例えば、ビル・ゲイツ氏もそのうちの一人である。毎年の年末になると、ビル・ゲイツ氏は年間に読んだもっとも価値ある5冊の本を推薦する。２０１８年年末に推薦した5冊の本には、「Bad Blood」という本が含まれている。シリコン・バレーで起きた血液に纏わる事件のことが克明に書かれている。「指先から採る一滴の血で、あらゆる病気を早期発見できる」と革新的な血液検査の技術を発明したとしてアメリカのメディアから「第二のスティーブ・ジョブス」ともてはやされたエリサベス・ホームズの物語であった。そして、彼女が率いるベンチャー企業「セラノス」は、シリコン・バレーにおいて史上最大の捏造スキャンダルを作り出した。

２０１９年年末に推薦した5冊の本には、またも血液関連の本が含まれていた。その名は、「Nine Pints」という本であった。本の中にこう書かれていた。「血液と身体との関係は、川と地球との関係に似ている。お互いどのように相互に影響を与えているかは、みんな興味を持つが、今日に到ってもまだ十分に理解できてない。血液が果たす役割への理解が深まるほど、生命の本質により近づくことができる」

いずれも血液に関する面白い本であるが、しかし、いずれも血液を液体と認識し、その液体に入っている成分を究明しようとするものであった。血液に隠されている身体を構成する情報のことはまだ認識されてない。

「血液構造分析」で、まず身体の状態を別の視点から判断することができる。例えば、癌にかかったかどうかは、細胞がどれだけ壊れているかをみてわかる。壊れた細胞はどこに位置するかで、肝臓癌か腎臓癌かの分別もできる。

次に、治療する場合、本当にこの治療でよくなるのか、返って悪くなるのかもわかる。

例えば、ある病気を治療するときに投与された薬が逆に別の不具合を引き起こしてしまうことは本当にないのか。また、身体はすでにある種の薬に対し耐性をもったのではないか等、様々なことがわかる。

現代医学では、PET／CTやMRIなどを用い、身体を透視して異常はないかを判断している。これらのやり方では、身体を車と同じように部品ごとに扱い、ひとつの細胞から始まって、身体がフラクタル的に成長していることによる身体の各臓器の内在的な関連性を見落としている。そのため、局所に発生した問題点を解決したとしても、ほとんど一時的に身体が抱える問題点(痛みやつらさなど)を解消したにすぎず、そしてこの解決方法では身体に他の副作用などの問題点を引き起こさないという保証はない。現代社会は、医療技術が進歩していると謳歌しながらも、実際問題として患者が増える一方である。

例えば、がん治療のため、ある抗がん剤を使用すると、心臓や血管が傷つき、がんを治療するうえで予想もしない心不全や血管破裂をおこし、患者が亡くなるケースが少なからずあることが認められている。日本では従来、がん治療と循環器治療とは無関係と考えられていたことが見直され、２０１７年に腫瘍循環器学会が立ちあげられた。

もう一例をみてみよう。アメリカの学者マイケル・ブラウン氏とヨセフ・ゴールドスタイン氏が「コレステロール代謝の調節に関する発見」という論文を発表し、善玉コレステロール（HDL-C）が身体に有益な働きをし、血管の健康を守ってくれることを発見したことで、１９８５年にノーベル生理学・医学賞を受賞した。しかし、２０１６年3月１１日号《Science》誌に載せた英国ケンブリッジ大学の研究チームの論文では、遺伝子SCARB1の変種 P376L を持つ人は善玉コレステロール値が高いほうが、むしろ心臓疾患に罹るリスクが８０％以上も高いとの研究結果を発表し、両氏の結論を否定した。

さらに、つい数年前までに常識として定着した、脂肪類食品（肉や乳製品など）が心臓疾患などを引き起し健康的ではないとの認識も、その後に行われた様々な研究によって否定された。例えば、アメリカ・イェール大学が4年間実施した調査では、コレステロール値が高いことと心臓疾患との関連性は認められない（JAMA 272, no.17: 1335–40）と発表している。また、２０１7年１１月6日号の《LANCET》誌では、１８ヶ国を対象にし、平均 7.4 年をかけて実施したコホート研究では、総脂肪および飽和および不飽和脂肪は、心筋梗塞や心血管疾患との関連性がないだけでなく、むしろ死亡率の低下に繋がる（LANCET、第 390 巻、ISSUE10107、P2050–2062）と発表している。一説では、２００４年までに、高いコレステロール値が健康を害するとの研究のほとんどは製薬会社がスポンサーになっていた。

やはり、いまの医療では、人間の身体に対しまだ正しく理解できてないことや利害関係などにより、施した治療が裏目に出て、逆に治療が他の治療をよぶことになっているのではないだろうか。もしそうであれば、国がいくら医療費用の予算を増やしたとしてもとても追いつかないだろう。

「血液の構造分析」でなにができるか、少し面白いと思ったことを書こう。

例えば、「肩こり」を診断できる。現代医療では肩こりを病気と診断しない。病院へ行っても、自分が言わない限り、検査しても肩こりがあることはだれも分からないし、もちろん肩こりを治してくれない。しかし、実際には、肩こりにはかなりの危険性潜んでいる。肩こりは、脳への血液供給に問題があることの赤信号。脳への血液供給が不足すると、脳死を防止するため、脳圧が上がる。しかし脳圧があがると、脳血管が破れる可能性が高まり、脳出血を引き起こしてしまう。すると、体は脳圧をさげる動きをする。そうなると、心臓に負担がかかり、狭心症や心筋梗塞などを引き起こしてしまう。残念ながら、現代医療では、脳出血や心筋梗塞などは治療の対象になるが、それを引き起こす原因である肩こりに対し無関心である。

もう一例をあげる。痛風である。尿酸値が高い人は、痛風を引き起こす可能性があるため、尿酸値をさげる薬を与えることで「治療」しているのが現代医療である。しかし、尿酸は人の身体において天然の抗酸化物であり、経口で取り入れた抗酸化効果があるとされる健康食品よりは比べ物にならない程優れている。ある調査では、長寿の人のほとんどは尿酸値が高いことがわかっている。自分の身の回りにいる高齢者に聞いて見てほしい。大抵はずれない。おいしいものを食べているひとが若くみえ、しかも長寿であることはそのためである。つまり、尿酸は痛風など様々な問題を引き起こしている原因ではあるが、身体の抗酸化能力を高めるよい役割も果たしている。高いから薬を用いて下げるべきという単純な問題ではない。ちなみに、血液構造分析で尿酸値が高い人は細胞が酸化から守られていることが確認できる。過去に尿酸値が高いと悩んだ人はむしろ喜びを感じるようになった。どの臓器がどこまで酸化しているかの確認ができることを、日本の酸化関係の医学学会の幹部に話すと、「そんなことができるのか」と半信半疑の回答が返って来た。

あまり分かっているようで分からないことではあるが、怒りや悲しさ、不安、恐怖、ストレスなどの「悪い気持ち」または「気分が悪い」など人の感情が病気を引き起こす原因の一つではないかというのが、「血液構造分析」で得られた結果である。サンプルがまだ少ない為、確かな結論として公表できる成果までは行かないが、怒った人に対し、「血液構造分析」を行った結果、少なからず「細胞」がダメージを受けているようにみえる。そのようなダメージが繰り返されると、おそらくゴムを繰り返し引っ張ることでゴムの弾力が徐々に失われることと同じようにいずれ臓器に損傷が生じるであろう。逆に、人が喜んでいる場合、そのような現象は見られないところか、むしろ「細胞」がより元気になるかのようにみえた。言い換えれば、健康維持または病気を避ける為にも、「気分管理」が重要である。つまり、健康管理のための体を養うという「養生」をする前に、自分の感情をコントロールする気分管理の「養心」を大事になさったほうがより重要であろう。

食べ物について考察する。

医学関係の学会ではよく「何々を食べると身体によい」というような研究論文が多数発表されている。そのような研究で得られた結果は特定な状況下では間違っていないかもしれないが、しかし、血液構造分析でわかったことは、いくら良いとされる食品でも繰り返し取ると、栄養成分に偏りが生じ、そして偏った栄養成分が細胞ないし組織によい働きを常にもたらすとは限らない。栄養成分がよいと認識されたものであっても、その成分の栄養素が身体で必要とされるものを一時的に満たしても身体がむしろ拒否反応を示す。薬を暫く（例えば半年）飲み続けると耐薬性が起きることと似ている。つまり、必要以上に摂取すると、細胞ないし組織が喜ばないのである。身体が求めているのは多様性のあるバランスが取れた栄養素であって、これらの栄養成分がどのように相互作用するのかはまだ分からない。しかし、あまり強調されてない栄養成分でも他の栄養成分と補いあって身体の健康に大きく貢献していることは確かである。「これが身体の健康にいい」という食事を人に勧めるというよりは、人が食べたい食事を食べさせてあげたほうがはるかに身体の健康にいい。巻二に書かれたネコが好んでネズミを喰うことを思い出してほしい。問題は、人間の思考力が発達して人間の生物的な本能の邪魔になり、正しく判断を下せなくなることにある。

適度に飢餓感があったほうがむしろよい。飢餓感があると、何を食べるかは論理思考より身体の本能で決めるので、食事がおいしく感じるだけでなく、真に欠けている栄養素を身体に補充させることができるからである。身体の健康にいいとは、ほかならぬ、身体の細胞ないし組織を適度に喜ばせることに尽きる。それこそが健康、長寿の元である。満足に食事が摂取できない時代では、細胞を喜ばすことはできず、健康と長寿にはなれなかったが、生活が豊かになるにつれ、偏食や過剰摂取などの行為も細胞に喜ばれず、健康と長寿になれない。身体の本能を無視し、論理思考ができるからと言って、健康と長寿の役に立つことはない。

もちろん、身体に何を取り入れるべきかの栄養素の問題がわかったとしても、全身の隅隅まで運ばれないと意味がないのに、どのように運ばれるかの研究は今現在もあまりなされてないようにみえる。栄養素を載せた血液を血管で運ぶことだけでは物足りない。

最後に、どうしても、私には人類の難病とされる「認知症」のことが頭から離れない。私もいずれ年を取り、認知症にかかる可能性があると心配する。認知症の治療薬がいくつか出ているが、いずれも進行を遅らせる程度で、完治にはほど遠いのが現状である。この血液構造分析により、一部特定な脳細胞が機能しなくなったことが判明されれば、どのような薬物治療または物理的なトレーニングにより、その機能しなくなった脳細胞を回復させることができるのではないかと、私はいつも妄想している。残された時間が少なくなり、そう考えると、いても立ってもいられなくなった。

血液に隠されている秘密を探ると、ニーチェの「深淵を覗き込む者は、深淵からも覗き込まれている」という言葉が思い浮かぶ。ここでの深淵とは言うまでもなく血液、血液の奥深さのことである。

なぜそう言えるのか？　一滴の血液であっても、ひとつの唯一無二の生命体であるからだ。指先から一滴の血を採り、ガラスに載せるとき、ニュートン力学に反する行動を一滴の血が示すからである。つまり、外部の力を借りず、自ら人間の体を構成するような動きを一瞬ではあるが行った。これこそがただの液体ではなく、生命体というしるしである。そして、続けて一滴の血を採り、さらに一滴の血を採って、続けて採った数滴の血を並べて観察すると、同じ指先から出た血であるにも関わらず、関連性があるにしても、中身は同じ内容を持つものではない。それぞれの一滴の血は時系列的に身体の構造を表している。つまり、身体の過去、現在、未来の様子を表しているのである。数滴の血は、まるで親子関係のように、似て非なるものである。

その様子をみて、私は、震えが止まらなかった。「身体予報」という発想が浮かんできた。

# 九十六　血液はどこから

血液はどこから生まれてきたかは謎ではなく、骨髄造血という医学界の常識がある。しかし、２０１７年４月６日、アメリカカリフォルニア大学サンフランシスコ校（UCSF）のある研究チームは『Nature』（ネイチャー）誌に投稿し、肺が新鮮な血液の供給源のひとつであることを記した論文を発表した。それにより、長年の骨髄造血という医療界の常識を覆した。

私が驚かされたのは、この論文の発見ではなく、肺という臓器が造血機能を持つという記述が、いまから二千五百年も前の中国の古典である『黄帝内経』に書かれていたことであった。

『黄帝内経』には、「中焦という諸臓器が気を収めて汁を取り、そして変化させれば血となる（中焦収気取汁、変化而赤是謂血）」と書かれ、さらに「中焦は胃から上焦につなぎ、気を受取り、糟粕を排除し、唾液に化し、その精華を肺に注入し、血に化する（中焦亦并胃中、出上焦之後。此所受気者、泌糟粕、蒸津液、化其精微、上注於肺脈、乃化而為血）」と書かれている。つまり、肺がどのようなプロセスを経て、新たな血液を造っているかが描かれている。

二千五百年も前に、どのような技術的な手段を用い、肺が造血することを発見できたのか、まったく想像すらできないことであるが、ただ唯一言えるのは、人類が世界を認識する手段は現代社会が認識している「科学技術」というアプローチ手段だけではないということではないだろうか。

# 九十七　心臓手術の話

列子が書いた『列子』という本に心臓手術のエピソードが以下のように書かれている。魯公扈と趙斉嬰の二人には病気があり、二人とも扁鵲（へんじゃく）にその治療を求めた。扁鵲が二人に、「そなたらの病は外から内臓を傷めたものであって、薬でも治せるが、生まれたときから抱えた病気なので、薬では病根を取り除けない。」と言った。そして、二人は先生に見立てを聞いた。

すると、扁鵲は、「魯公扈の志は固いが、気が弱い。考え事が多いわりに、ここぞという決断ができない。趙斉嬰は志はもろいが、気は強い。考え事は少ないが、向こう見ずなのじゃ。そなたらの心を取り換えるならば、二人の心がよくつりあうこととなろう」と言った。

そして、扁鵲は二人に毒酒を飲ませ、生死の境を彷徨わせること三日目、ついに胸を探り出し、心を取り換えてしまいこみ、神薬を投じて、二人を目覚めさせた。二人とも、数日前と違う様子もなかった。二人は辞去して帰宅した。

という生々しいエピソードであった。しかし、心臓移植手術が世界で初めて行われたのは１９６７年のことと公式に記載されている。これだけでなく、心臓移植することで、人の性格まで変えられたとの発見は１９６７年以降に実際に数十例が行われた後で分かったことであって、約二千五百年も前に、そのようことをすでに考え付いていたことはいまだに誰も説明できない。

## 九十八　アップル

アップル社はもっとも成功している企業のひとつであることに疑いはない。

娘の英語力を確かめるため、小学校に通い始めた娘に、お母さんはこう聞いた。

「Grape って、なに?」

娘は、「ブドウ」と答えた。

「Water melon は?」

「スイカ」

「Apple は?」

「スマートフォン」と娘が迷わず答えた。

たしかに、だれもがアップルを聞くと、リンゴよりもスマートフォンが頭に浮かび上がる。

アメリカの保険会社ブルークロス・ブルーシールズ(BCBS)が2013年から2016年の4年間をかけて4100万人を対象にした調査では、うつ病と診断された人の数が33%増加したと2017年5月に発表した。特に若い世代の12~17歳での増加率は63%にも達しており、「電子機器使用の増加と睡眠障害の組み合わせ」によるものと推定している。また、米紙「USA トゥデイ」では、2017年11月にサンディエゴ州立大学とフロリダ州立大学による共同研究の結果を発表し、子供達が携帯電話やパソコンを使う時間が増えたことが、うつ病増加の原因となっている可能性があると指摘している。さらに、英国ロイヤル公共衛生組織(RSPH)は、2017年の年度リポートに、携帯電話を頻繁に使うことで健康問題を引き起こす可能性があると警告を発している。

昔から、“An Apple a day keeps Doctors away„、(『一日一個のリンゴで医者いらず。』)という言葉があるが、今や、その Apple は、携帯電話のことを皮肉った言葉となった。

# 九十九　インドのこと

サドゥー(sadhu)とは、インド社会ヒンドゥー教におけるヨーガの実践者や放浪する修行者の総称で、約400万人以上いる。その中に、衣服を放棄し、ふんどし一枚きりか、あるいは全裸で生活をする人々がたくさんいる。

インド北部に冬が来るとかなり気温がさがるので、衣服を着ないことが寒くないかと質問すると、こうかえってくる。「あなたは顔に寒さを感じますか?」

さすがにいくら寒くても顔は寒く感じないと返答すると、「我々の全身は顔である」と答えてくる。

人の身体は絶えず自己調整している。例えば、体内の温度調整や血液供給量や供給スピードの調整、タンパク質の調整など。このインドのサドゥーがやることは身体によい結果をもたらしているか、それとも悪い結果をもたらしているかは、私には分からない。しかし、人間が常識としてやっている多くのことが身体によい結果をもたらすとは限らない。例えば、帽子を被ること。帽子を被るのが好きな人は結構多いが、しかし、帽子を被る頻度の高いひとこそ脳出血を引き起こしやすいと私はみる。また、足を暖めるため、常に靴下を履くひと、特に保温性の高い靴下を寝るときにも履いているひとが脚の腿肉にけいれんが起きやすい。いずれもこれらの行動が身体の自己調整メカニズムに送るシグナルにより身体の調整メカニズムが動いた結果にほかならない。頭や足が常に暖められている状態を保つと、身体の自己調整メカニズムが温度のバランスが取れていると判断し、血液の供給などの仕事が怠慢となり、その結果、思わぬ結果を招くことになる。そのほかの例として、長時間座って勉強や仕事をすると、身体は血液の供給スピードを緩めてもよいと調整するので、一旦違った行動（急な運動など）をすると、頭がぼんやりすることが起きやすい。散歩はよい行動かも知れない、散歩で身体を動かすと、血流が適度に流れるように体が調整されるからである。コロナ予防のためにワクチンを身体に打ち込むことも身体が持つ調整メカニズムを少なからず撹乱していることはすでに本書が言及している。

問題点は共通している。局所的には目に見えるよい効果が上がる手段であったかもしれないが、頭部や足の保温やウイルスの細胞への侵入を防ぐなど、身体が自ら持った調整メカニズムを考慮にいれてないことが多く、身体の調整メカニズムにそぐわないため、逆に体調が崩れ、いずれどこかで代償を支払わされる始末となる可能性が高い。

## 百　蜘蛛に関する実験

科学者による蜘蛛の実験が以下のように行われた。

蜘蛛を机に置き、そして大きな声を出すと、すぐさま蜘蛛が逃げてしまった。

次に、蜘蛛の足を切った。そして同じく大きな声を出したが、今度は、蜘蛛が反応せず、逃げることもなかった。

実験で得られた結論は、蜘蛛は足を切られると、音が聞こえなくなったということである。

一見、冗談のような話だが、実際にはたしかな結論であった。蜘蛛の耳は我々人類が考えている耳らしき形でもなく、位置も必ずしも頭近辺でもない。蜘蛛の耳は、足にあるのだ。

足裏マッサージの話に戻るが、足裏には、耳を表す部位があり、そこを刺激すれば耳の働きをよくすることができるという。もちろん、経験で実証されているが、科学的な説明はいまだにできない。

二千五百年前の列子がこう書き残した。

「（心身ともに自然の規則に溶け込んでいれば、）眼が耳のように機能し、耳は鼻のように機能し、鼻は口のように機能し、特に区別がつかない」（出典：『列子・仲尼』）

自然の規則に溶け込むということは、既存の考え方に捕らわれないことであり、実際にそのような人物が存在し、自分も遭遇したと列子が本に書いていた。

足裏にはそのような耳や目、肝臓、腎臓などのツボがあり、本当にただのツボなのか、それとも耳や目、肝臓、腎臓などと同じように機能もするのか、蜘蛛の実験から得られた意外な発見を考えると、まだなんともいえないような気がしてならない。

二千五百年前に成った書とされる『黄帝内経』は中国古典医学の代表作である。その本に書かれている五臓六腑である心臓、肝臓、腎臓、肺などの臓器のことと現代西洋医学が認識する臓器のこととは、名称は同じであっても概念は異なると、筆者は考える。現代医学では、心臓や肝臓、腎臓、肺などの臓器は身体を構成する個々の重要な物理的なパーツで、そのパーツが何らかの機能を果たすと理解されているのに対し、中国古典医学では、個々の臓器（例えば、肺）は一つの器官というより、身体が持つ一つの機能（例えば、呼吸機能）とみなしている。例えば、「肺」は呼吸機能を実現する臓器ではあるが、しかし、中国古典医学がいう肺とは、肺という一個の具体的な臓器よりも、身体全体の呼吸機能のことを指している。器官である「肺」はあくまでもその呼吸機能を司る総本山である。「臓」という文字を用いて表現しているのはそのためである。鼻や口を使わず、皮膚だって呼吸できるし、まして、子供が胎内にいるときに「胎息」という呼吸もできる。いずれも、肺という臓器の名称を持って呼吸という機能を表現している。肺が鼻や口を使ってしか呼吸できないというのは、人間が持つ固有認識であって、この固有認識で身体が持つ潜在的な様々な呼吸法を退化させている。子供が生まれておよそ三歳までに、周りにひとの対話ができる環境がなければ、この子供が意思を表現する能力が退化してしまい、大きくなっても人とコミュニケーションすることができなくなることと同じことである。

多くの動物（鷹やライオン、キツネ、ヒョウなど）は生まれてきた子供を早々から家から追い出している。一見非情で冷酷なことではあるが、実は自分の子供を成長させるための並みたいていではない苦心であり、愛情あふれることである。逆に早いうちにやらないと、動物が生きるための能力が失われてしまうことになりかねない。人間もそうである。日本には柔道が強いのは子供ごろから練習しているから他ならない。中国では雑技を得意としているのは幼いごろから覚えただろう。

身体は「臓器」という物理的なパーツで構成されるか、あるいは、概念的な「機能」で構成されるか、この異なる二つの見方によって現代西洋医学と中国古典医学との分かれ道となる。そのため、診断方法や治療手段などのアプローチも異なる。

現代医学では、個々のパーツ（臓器など）を治せば身体に健康をもたらすと考えて対処するが、中国古典医学では、身体の機能を保つことで健康をもたらすと考えるので、対策を講じている。その根本的な考え方の違いにより、現代西洋医学で採られている治療方法は、より多くの副作用を伴いながらも、目先の問題点（辛さや痛みなど）を迅速に解決する即効性があり、短絡的な実利を追求しがちな大衆に好かれやすい。

一方、中国古典医学では、身体が機能しない原因を取り除くような「治療」（厳密にいうと、「治療」ではなく、身体の「調整」である）を施し、身体が持つメカニズムで機能の自律回復を目指すため、即効性があまりなく、敬遠されがちである。

不適切な例かもしれないが、格闘技で例えるならば、現代西洋医学は総合格闘技のようなもので、自らの強さを証明するためには相手を戦意喪失まで追い込む。そのような「強さ」は非常に分かりやすいため、追随者が多い。対し、中国医学では、相手からの攻撃を守りきることができることが「強さ」の証明となる。例えば、太極拳など。非常に分かりにくく、追随者が少ない。「強さ」という名前は同じであるが、哲学が異なり、中身も異なる。さらにいうと、総合格闘技で示された「強さ」は、成果をあげるには自らも何らかの損傷を負うことが避けられそうにない。対し、太極拳で「強さ」を得るには時間がかかるが、しかし自己損傷するような代償は払わずに済む。２００１年に提唱し始めた、いまはやりのSDGs（Sustainable Development Goals、持続可能な開発目標）の観点からすると、統合格闘技よりは太極拳のほうがより時代のトレンドに向いている。７０歳以上の高齢者であっても太極拳は続けられるが、総合格闘技はさすがに続けることが困難であろう。

身体が機能で構成されているとの見地から、西洋医学では存在しないとされる「経絡」というものが中国医学ではみえてくる。西洋医学では、物理的に目で確認できるもの、例えば血液の輸送路である血管などの存在は認めるが、体内に酸素などの気を運ぶ経路の存在を認めていない。しかし、酸素などの気は体内のいたるところに運ばれ、その輸送通路は血管のような物理的にみえるものではなく、細胞と細胞との隙間の空間を通し行われる。その経路が一定の規則に従い、「経絡」を形成している。人が生きているときには、その気の流れをいずれ観測技術の進歩で観測できるようになるが、今現在の透視系（PET/CT、MRI など）をメインとする診断技術ではもちろん観測できない。人が死んだ後に解剖しても気の存在も経絡の存在も確認できない。経絡の要所にツボが論理的に存在している。どこのツボに刺激を与えると、気の流れをよくし、そのツボに対応した身体のどこかに存在する問題点（辛さや痛みなどの不具合）の改善、身体機能の回復などのことに役立つことが分かっているが、今の「科学技術」では証明できないかもしれない。

人類が用いた認知手段の問題であって、そのように実証されている経験はないとは言えない。

「気」が流れるところに、「血液」も流れるので、身体が正常に機能する。「気」の流れと「血液」の流れとは相互依存関係にあり、それぞれ脈拍数と心拍数で図ると頻度はほぼ同じで、同一のものと思われがちだが、実際には意味が異なる。「脈診」とは、気の流れを把握する方法であり、脈拍数だけでなく、その脈の拍動の強さや早さ、硬さや太さ、浮き沈みなどで身体に流れる「気」の具合を判断し、問題点を特定させる方法である。「気」が思うように流れないところは、血液の供給が追い付かないので、異常が生じやすい。面白いことに、春・夏・秋・冬などの季節ごとに、脈動の特徴が異なる。つまり、人の身体は季節に適応するように自動調整されている。一例をあげると、「貧血」は、現代西洋医学では血の供給不足と診断するが、しかし、血の供給不足を引き起こした原因には気の流れがよくないことが多い。つまり、多くの場合、気の流れをよくしてあげないと、貧血問題が解決されない。「病気」という言葉は、身体の機能がおかしくなった原因が「気」であることを意味している。

そもそも、身体にとって、「病気」とはなにか、という基本的な定義や認識などに現代西洋医学と中国古典医学とは同じものを指しているものもあるかもしれないが、根本に病気への捉え方が違うため、当然対策（治療）も違ってくる。そのため、中国古典医学は「未病」を提唱している。一旦壊れた身体を健康に回復させるのは大変で、むしろ病気にならないことのほうがより重要であると考える。

いま、日本、中国にもかぎらず、「未病」に関する研究会が多く、研究所や学会まで立ち上げたところも少なくない。しかし、西洋医学を専門とする先生たちが西洋医学の「病気」という先入観のもとで、「未病」を研究しようとしているので、病気になってない人を「患者」として抱え込むと疑われてもおかしくはない。実際には、未病を提唱して以来、病気になる患者数が減ったという報告を聞いたことがない。もともと医者が自ら自分の仕事を減らすような行動を取るわけがないので、むしろ未病を研究し聞こえのいい言葉で人々からの信頼を得て、「患者」と言うお客様を増やそうとしているのではないだろうか。もちろん、日本や中国などで行われている未病の研究を否定するつもりは毛頭にない。指摘したいのは、西洋医学の考え方やそれに伴った医療技術で、「未病」という次元の異なる理想を実現できるのだろうかということである。

また、本来なら健康を維持する為には、様々な手段や方法があり、しかもお金がかからないが、いつの間にかお金をかけないと健康を手に入れられないという誤った認識に陥ってしまった。例えば、医療にあまりお金をかけられず、貧しい国とされるキューバの医療システムは、もっとも医療水準が高いとされる米国と比較しても、医療水準やサービス効率などですべて引けを取らず、世界中で高く評価されている。オバマ元大統領が歴史的なキューバ訪問をする際、医療と健康のことについて、「キューバから学ぶことが大いにある」と語った。中国もキューバのそのやり方を探ろうとキューバを訪問し秘訣を尋ねたところ、逆にキューバからこう言われた。「我々のやり方は中国の五十年代のやり方から学んだものに過ぎない。しかし、あなたたちの国がその後西側の西洋医学をより重視するようになった」。やはり、すべての価値を金銭で量るという歪んだ認識の表れではないだろうか。

『黄帝内経』に、こう書かれている。「聖人はすでにかかった病気を治すのではなく、発病しないように病気を治す。すでに混乱した社会を治めるのではなく、混乱が起きないように社会を治める」。つまり、「未病」とは一種の状態というより、一種のプロセスである。また、身体の発病と社会の混乱と本質が同じであると認識していることは興味深い。続いて、「病気になってから治療することと、混乱が起きてから治めることは、のどが渇いてから井戸を掘り始め、戦争が起きてから兵器を作り始めることと同じことである」と皮肉った。まさに2000数百年後の今現在に起きていることを当てはめていると思ってならない。つまり、皆がしのぎを削って「病気」にならないための技術や商品・サービスなどを作り出そうとしているが、しかし金儲けにならないといけないので、同時に様々な「病気」も続々と作り出されている。病院の数は多くなるだけでなく、病院の建物もますます立派になる。それでも病院にはかつてないほど混雑していることは何かの意味をしているのだろうか。

蜘蛛の話に戻るが、聴力という機能はかならずしも頭の両側に生えている耳という器官で果たさなければならないことでもない。聴力という生き物が持つ機能は耳だけでなく、身体の他の部分にもある可能性はある。残念なことに、人間が持つ固有の常識により、ほとんどの人は耳以外の聴力機能を生かさず退化させてしまった。しかし、耳が悪くなり、聴力が落ちてしまったことによって、身体が本能的に働き、いままで生かされてない潜在的な聴力の代替機能が蘇ってくることはよくある。例えば、ベートーヴェンが難聴に悩まされながらも作曲を続けることができたのは、歯で振動を感じ取り、音楽の効果を確かめることができたからである。聴力に問題のないひとではとてもそのようなことはできない。骨で振動を感じ取る能力が身体に存在していることは人間に限らず、動物もそうである。例えば、動物のスッポンは耳を持たないが、しかし、音には敏感に反応する。スッポンは骨で音が「聴こえる」からである。

見ることもそうである。本書八十節に書かれている、失明して目が見えなくなった人は、目でなく身体に備えている「見える能力」を蘇らせ、障害物を感知できるようになるのである。残念なことに、そのような「見える能力」は、聴力と同じように目が見えなくなることを代償にしてはじめて得られたものである。加えておくが、筆者個人的な経験からすると、占いでは、目が見えなくなったお婆さんのほうがより正確に物事を占ってくれることが多い。もちろん、「科学的」な理屈での説明はいまのところできないが、あえて言うなら、何かが失えば、何かを得るということだろうか。

思考もそうである。一般人は「頭脳」で物事を考える。しかし、天才的な人物は、「頭脳」だけでなく「全身」で考える。本書「八十六　学歴ってどういうものか」で書いたアインシュタインの言葉「野獣のような直感」とは、思考は「頭脳」だけに頼るのはないことを示唆している。ジョージ・ソロスも『錬金術』という本に、自分の投資行為が正しいかどうかは、頭脳だけでなく、背中が冷や冷やするかで判断していると書いたのである。身体で思考することは人間が生まれつきに備えている能力であって、不注意にすると生かされず、消えてゆく運命を辿るのである。

さらにいうと、「認知症」もそうかもしれない。認知症が引き起こされる原因はいまだに特定できてない。忘れてはいけないのは人間は口から食べ物を取ると同時に、皮膚からも「食べている」ことである。たとえば、化粧や洗髪、体を洗うものなどに使われている化粧品やシャンプー、リンス、ボディソープなど、モノによるが、大半はメーカーが利益を追求するため安くて有害性のある化学物質を使っている。これらの化学物質は皮膚を通して体内に吸収され、時間が経つと、量から質的な変化が生じ、個人差により人工調味料などと相まって身体に異常をもたらしていることが推定される。女性に認知症が多いのはそのためではないかと考えられる。フランスに、認知症が少ないのは化粧品や洗剤などに自然なものを多用し、品質がよいことと人工調味料の使用を抑えていることからではないだろうか。やはり、皮膚が口と似たような役割を果たしている以上、健康維持のため、化粧品やシャンプー、ボディソープなども食べても大丈夫なものを慎重に選ぶべきであろう。人工調味料は少ない分までは大丈夫だろうが、コツコツ積み重ねると神経に悪い影響を及ぼしてしまう。いまの医療技術では、認知症になったひとが認知症の重症化を遅らせる程度のことはできても、認知症が完治されることはない。

いまのところ、人間が人間の身体のことに対し、まだ何も知りえてないことさえ十分に知りえていない。それだけは知りえていることである。

# 終わりに

# 終わりに

『論語』には、このような言葉が書いてある。「死生命有り、富貴天に在り」

つまり、我々人間は長生きを追及することも、お金や地位を追求することも、天命に順従するしかない。

長生きであるかどうかは、何歳という生きた年数で測れるが、しかし、人間が追い求めているお金持ちや高い地位などを、なにを持って測るのだろうか。

推定紀元300年ごろに書かれた『抱朴子・外編』(葛洪著)では、その測り方をこのように記述した。「富(お金持ち)とは、考え方に雑念のない醇であること。貴(高い地位)とは、行動が役にされないであること」

つまり、お金持ちになりたいや成功したい、出世したいなどと思っていると、真の「富」を手に入れたとは言えない。また、他人の意思で動かないといけないことやこうしなければならないと、自分の行動がほかの要素で決められるようでは、真の「貴」にたどり着いたとは言えない。

1925年に理論的に定式化された量子力学の説によると、観測結果のみが実在であり、その背後に実在などは存在しないという。つまり、我々の目の前に現れている物事、例えば、建物であろうと、車であろうと、人間であろうと、すべて人間の想像によって作り出されたものであって、実在はないということである。これは本当なのか、現時点では証明されてないし、否定もされてない。しかし、様々な観察実験は、むしろこの理論の正しさを裏付ける結果となる。面白いことに、約二千五百年前に、老子がこういうことを言い残した。「息をする生命体、形状に現われるもの、そのすべてが実在しない、幻である」

二千五百年の歳月を跨って、両者が妙に一致していることは、ただの偶然であろうか。

「富」と「貴」を追求することも、本書を読むことも、実は幻である。人にとっての物事はいずれも、その人の考えに合わせられたものにしかならず、したがって、本書を読み、何かを感じたことがあれば、すべて水に流してください。

著者プロフィール

## 高山流水　こうざんりゅうすい

1962年生まれ、中国上海復旦大学コンピュータサイエンス学部卒、

日本埼玉大学院理工学研究科修士卒。

三十五歳から、東京・上海・北京に会社を設立し、

IT、メディア、スポーツ、医療健康などの分野を手がけ経営する経験を持つ。

## 流水筆談 改訂版　りゅうすいひつだん かいていばん

2022年2月22日　初版 第1刷発行

2023年11月1日　第4刷発行

2024年2月24日　改訂版　第1刷発行

著者　高山流水

発行者　高山宇佳

発行所　H&T株式会社

〒107-0052　東京都港区赤坂7-6-41 赤坂七番館305

電話　03-5545-3631

Email books@shibagroup.com

印刷所　国宗



ISBN978-4-9912438-1-3　C0095